VOYAGE

D'UN CURIEUX

DANS PARIS

PAR

M. CHARLES AUBERIVE

PARIS

VICTOR SARLIT, LIBRAIRE-ÉDITEUR

RUE DE TOURNON, 19

VOYAGE

D'UN CURIEUX

DANS PARIS.

8·2 L Senne 4754

Panorama de Paris.

VOYAGE

D'UN CURIEUX

DANS PARIS

PAR CHARLES AUBERIVE.

PARIS

VICTOR SARLIT, LIBRAIRE-ÉDITEUR

RUE SAINT-SULPICE, 25

1860

VOYAGE

D'UN

CURIEUX DANS PARIS.

CHAPITRE Ier.

Paris et les grandes Capitales.

Vous auriez visité toutes les capitales des grandes régions du monde civilisé ; vous connaîtriez Péters-bourg, assise sur la Néva et s'étendant à votre regard avec ses prétentions au grandiose, Londres, sous un ciel brumeux et avec un fleuve trop étroit pour ses in-nombrables navires, Berlin, mauvaise copie du Paris du XVIIIe siècle, Vienne, conservant son enceinte féo-dale et militaire au centre d'une ville moderne ; vous seriez allé sur la rive orientale du Bosphore contempler la Byzance des Ottomans, avec le dôme restauré de

1

Sainte-Sophie et ses mosquées à coupoles, gracieusement mêlées de minarets aériens ; vous auriez franchi les mers et vu les cités brillantes du Nouveau-Monde bâties d'hier ; plus loin encore, l'extrême Orient vous eût montré ces villes immenses où s'endort l'antique civilisation de peuples endormis dans une éternelle immobilité, vous auriez touché la poussière de Ninive, de Thèbes, d'Athènes et de Sparte, vous seriez allé incliner votre front sur les ruines de la Sion déserte, vous ne connaissez pas la cité reine, si vous ne connaissez pas Paris.

Paris est au monde moderne ce que la nation française est au sein des peuples civilisés du XIXᵉ siècle. C'est la nation initiatrice, au sein de laquelle s'élabore plus fortement que chez aucun peuple, même les plus remarquables et les plus policés, la pensée qui féconde toute civilisation et lui donne sa puissance d'expansion sur le monde. Paris est le cerveau de cette nation pensante.

L'étranger, qui arrive pour la première fois à Paris, éprouve involontairement cette impression de la suprématie de la capitale de la France sur toutes les capitales qu'il a pu visiter. Ailleurs il voyait une grande ville russe, anglaise, allemande, chinoise. Ici, il se trouve dans la capitale du monde moderne. Il ne peut se dissimuler que ces hommes d'élite qu'il coudoie au détour de toutes les rues, sont les rois de la civilisation de notre siècle, étendant au loin cette puissance à laquelle tout se soumet, *populum tale reyem*.

Depuis la rapidité des communications à l'aide des voies ferrées, cette grandeur morale de Paris a reçu un incroyable développement. On va à Londres et à Saint-Pétersbourg pour affaires commerciales, on voyage en Grèce et Orient pour y chercher les souvenirs de l'histoire et visiter le berceau de la famille humaine ; les explorateurs et les marchands parcourent le Nouveau-Monde, les côtes de l'Afrique, l'Asie méridionale et l'Océanie. De toutes les extrémités du globe, les hommes qui s'élèvent par la pensée, qui s'arrachent aux langes de civilisations routinières, et qui ont conscience des destinées futures du monde, lorsque les moyens nouveaux de se connaître, auront rapproché les peuples, ces hommes viennent à Paris ; ils éprouvent de la fierté d'avoir séjourné à Paris, d'avoir connu les célébrités de la politique, de la science, de la littérature, de l'art, qui font la grandeur de la nation française, et de retour dans leur patrie, ils se disent humblement : Je ne connaissais pas encore un grand peuple et une grande cité ; ce peuple c'est la France, cette cité, c'est Paris.

CHAPITRE II.

Caractère spécial de la beauté de Paris.

De quelque côté que vous arriviez à Paris, si vous vous arrêtez aux détails, vous éprouvez une singulière déception, dans l'idée que vous vous étiez faite des splendeurs de la grande cité. Les longues rues qui s'étendent hors des barrières, formées de maisons basses, aux ouvertures étroites, salement badigeonnées, étalant dans leur nudité, ce que les boutiques des marchands de vin multipliées de distance en distance ont de repoussant pour l'odorat et pour la vue, une population étiolée et amaigrie, courant comme en proie à l'activité fiévreuse du besoin, les barrières elles-mêmes, dont une récente mesure de l'édilité parisienne va enfin dégager Paris, rendez-vous habituel de la population qui va chercher dans le vin une distraction à ses travaux, tout cela donne un premier aspect, une idée singulière de Paris. Il faut avoir mis le pied à Paris pour la première fois, vers 1828, en y pénétrant par la barrière d'Enfer, dans un temps où toutes les avenues des barrières, couvertes de boue, ne présentaient qu'une chaussée centrale pavée destinée aux voitures, pour se rappeler l'impression pénible faite sur une imagination de dix-huit ans par ce merveilleux Paris.

Mais lorsque vous avez laissé derrière vous ces appendices immondes de la grande cité, que la véritable population de Paris s'est montrée partout à votre regard avec sa tenue pleine de goût, dans de larges et belles rues, que les maisons superbement étagées projettent leurs masses devant vous, et vous disent la richesse et le luxe qui les habitent, quand vous débouchez sur d'immenses places admirablement bâties, que des monuments d'une grande magnificence viennent s'offrir à vos yeux étonnés, l'impression première reçue dans les vilains faubourgs se dissipe ; vous commencez à dire : Je vois Paris.

D'où vient alors cette impression nouvelle sur la beauté de Paris ?

Si vous comparez à ce que vous connaissez déjà les plus belles maisons que vous remarquez dans les rues, vous leur trouvez assez de vulgarité et de monotonie pour en être peu frappé. Vous n'avez pas, dans Paris, dix maisons des plus somptueuses que vous puissiez comparer aux mille palais de Gênes dont l'architecture est éblouissante. La Seine toute belle, toute gracieuse qu'on la trouve, bordée de ses quais élégants, est toute honteuse de sa solitude ; à peine découvrez-vous quelques barques dont elle puisse être sillonnée, et une pauvre petite frégate, encaissée dans le sable au-dessous du pont de la Concorde, est là, seule, pour vous dire que Paris, si rapproché de l'Océan, n'a pas vu encore changer la Seine en un canal grandiose de navigation destiné à lui ouvrir une communication in-cessante avec le monde entier. Comparez à cette ri-vière qu'on semble s'obstiner à vouloir cacher sous des ponts, la courbe grandiose que présente la rivière de Bordeaux, pleine de navires de toutes les nations, dressant au ciel leurs mâts pavoisés qui semblent ri-valiser en hauteur avec les flèches aiguës de sa cathé-drale, et vous sentirez encore, sous ce point, l'infé-riorité de Paris.

En étudiant les monuments, vous n'avez là ni le Panthéon de Rome, ni le Colisée, ni cet immense cou-pole de Saint-Pierre qui est le Panthéon antique sus-pendu dans les airs par un coup de hardiesse du génie moderne.

Si vous voyez la ville à distance pour en admirer la perspective, rien ne vous charme guère. Au milieu de cet immense entassement de maisons, les tours carrées de Notre-Dame, les deux laides flèches de Sainte-Clotilde, triste spécimen de l'art gothique copié au XIXe siècle, les dômes des Invalides et du Panthéon, ne rompent pas avec assez d'énergie la monoto-nie des lignes. Vous pensez alors à Constantinople, à ses minarets sans nombre découpant avec grâce l'azur du plus beau ciel, et ici encore la comparaison ne dit rien en faveur de Paris.

Que serait-ce, si je parlais de Naples s'étageant en amphithéâtre au fond de son merveilleux golfe, l'un des sites les plus ravissants que l'imagination puisse rêver pour bâtir une capitale? Paris encore n'offre rien qui puisse rivaliser avec cette nation splendide.

Il faut avouer toutes ces choses.

Mais ces beaux palais de Gênes sont jetés çà et là dans des rues étroites, confondus sans ordre, sans harmonie avec des habitations vulgaires.

Mais Bordeaux ne peut présenter que son port grandiose et un quartier élégamment construit.

Mais Rome, malgré ses souvenirs antiques, malgré sa gloire comme capitale du monde chrétien, est un amas incohérent de quartiers qui se succèdent et se trouvent petits, au sein des ruines de la grande Rome, éparses dans la campagne, qui fut la ville immense des Césars et le Paris de l'ancien monde.

Mais Constantinople est un ignoble village aux rues étroites et sales, et aux maisons de bois, malgré ses monuments et son Bosphore.

Mais Naples est une ville horriblement vulgaire avec son golfe admirable, sa riche nature et son Vésuve.

Paris a un cachet de beauté que vous ne trouvez à aucune de ces villes.

Ce cachet spécial c'est l'ordre, l'harmonie, le goût. Paris a la physionomie gracieuse. C'est la ville d'un peuple éminemment artiste. Tout y plaît par son ensemble, parce qu'on comprend que tout y est à sa place. Nul élément n'y domine trop sur les autres. Avec les magnifiques palais de Gênes ou de Venise, Paris serait la capitale attristée d'une aristocratie déchue. Ce serait un debris du passé ; et ici tout annonce la vigueur, tout présage un peuple qui a conscience d'un avenir plus brillant encore. Ce n'est ni la grande ville manufacturière, ni la grande ville des arrivages maritimes ; c'est la ville de la pensée, de la science, de l'art. Elle se prépare à être la métropole du monde de l'avenir.

CHAPITRE III.

Situation topographique de Paris.

Je ne pense pas qu'on ait fait encore la remarque suivante : que Paris se trouve placé sur la limite des deux grandes races européennes qui forment le monde occidental, celui qui porte en ce moment le drapeau de la civilisation. La Loire et la Seine sont les deux fossés de circonvallation qui séparent le Nord et le Midi. La Beauce, entre Orléans et Paris est une espèce de marche, de terrain neutre, uniquement producteur de céréales. Plus bas sont les races ardentes et énergiques du Midi. Depuis la Loire jusque sous les régions de feu de l'équateur, vous avez l'homme méridional, vif, pétulant, aux passions bouillantes, aux convictions fanatiques. Depuis la Seine, jusque sous les glaces du pôle arctique, vous avez l'homme du Nord, calme, au génie froid, aux passions modérées.

Placé plus au Midi, Paris serait une ville comme Naples ou Madrid. Le Nord lui serait profondément antipathique. On la laisserait à ses mœurs méridio-

1

nales. Elle ne pourrait jamais fusionner les races humaines.

Placée plus au Nord, ce serait ou un Londres industriel ou un Berlin livré aux études spéculatives; ce ne serait pas la ville initiatrice. Les races méridionales n'iraient pas se glacer sous son froid soleil.

Dans la vallée de la Seine, aux larges prairies normandes qui rappellent beaucoup le Nord, les races septentrionales se sentent encore chez elles. Il y a sur le fleuve, à certains mois, assez de brouillards pour que le génie rêveur des allemands, l'esprit plus pensif des anglo-saxons, ne se trouvent pas trop loin de leur patrie et fassent aisément de la grande cité leur patrie nouvelle. Et quand l'homme du Midi voit les coteaux qui bordent la Seine couverts de riches vignobles, que le raisin doré de Fontainebleau, les pêches parfumées de Montreuil lui sont servies avec abondance, que les chauds soleils de l'été et de l'automne redoublent leurs réverbérations sur les toits d'ardoise ou de plomb de la ville immense, le méridional retrouve son ciel ardent de la Provence, de l'Espagne ou de l'Italie.

Paris doit immensément à cette situation heureuse. Il est un centre naturel où les races antipathiques sont amenées sans répugnance, et où l'homme qui se blesserait des contrastes trop accentués des cités placées dans d'autres régions qui auraient la prétention de se placer à la tête du monde, ne rencontre rien qui viennent heurter ses instincts les plus puissants d'éducation première, et froisser ses sympathies les plus ardentes de patriotisme. C'est là ce qui explique comment le Nord et le Midi acceptent franchement la suprématie de la grande cité parisienne.

Un pareil phénomène ne s'est jamais rencontré qu'une seule fois dans le monde antique. Rome, assise sur les bords du Tibre, devenue maîtresse du grand lac méditerranéen par la double puissance de ses flottes qui humilièrent Carthage, et de ses légions qui triomphèrent de l'Espagne, des Gaules, et de tout le littoral asiatique se trouvait un centre au milieu des races civilisées d'alors. Vous pouvez prendre un compas, et de Rome, vous rayonnerez sur la Grande-Bretagne, le Rhin, le Danube, limites alors du monde civillsé vers le Nord. L'Euphrate, le Nil supérieur, la chaîne de l'Atlas jusqu'aux colonnes d'Hercule à l'Océan atlantique baignant notre vieille Gaule, formaient le Midi et l'Occident de ce prodigieux empire. Carthage était trop au Midi. Elle dut céder la prépondérance. Byzance plus tard devint la capitale de ce monde des Césars. Mais ce fut l'origine de la rupture entre l'Orient et l'Occident. Il devait y avoir séparation. Byzance était une ville orientale, et les mœurs du reste de l'empire à l'Occident lui étaient profondément antipathiques. La fusion n'eût pas lieu.

Par son admirable réseau de chemins de fer et sa

situation sur l'Atlantique, Paris est en rapport permanent avec le reste du monde. L'Angleterre, par ses
paquebots transatlantiques, l'emporte à l'heure présente sur Paris pour la rapidité de ses communications
avec l'Amérique. Mais la navigation à la vapeur n'a
pas encore dit son dernier mot. Nous ignorons à quel
degré elle peut se perfectionner encore et il est permis
de penser que la cité-reine n'aura rien à envier un
jour à la superbe Londres.

Je ne viens pas nier l'éclat et la puissance de la capitale de l'Angleterre. Mais les anglais, comme le furent les Carthaginois, ne sont puissants que pour le
commerce et par la marine. Nous n'envions pas, dans
une guerre injuste, à venir arrêter, comme le fit
Rome de sa rivale, cette admirable prospérité. Ces
destructions de peuples, ces villes capitales rasées,
réduites en cendres, tout cela heureusement, c'est un
spectacle que le monde moderne civilisé par le christianisme ne donnera pas. Il n'en est pas moins dans la
logique des faits, qu'en raison de cette spécialité
même, la Carthage moderne que nous avons pour rivale, ne prenne jamais la direction sociale de l'humanité. Londres sera longtemps le grand comptoir des
deux mondes. De plus en plus les autres forces de
l'humanité convergeront vers Paris. Les peuples,
comme un seul homme, ne vivent pas seulement du
bien-être que la richesse procure; ils ont d'autres as-

pirations ; et le génie anglais ne semble pas fait pour les comprendre. Ce n'est pas un génie sympathique. Ce génie est celui de la France.

CHAPITRE IV.

Paris étudié du haut de l'arc de triomphe de l'Etoile.

C'est du haut de l'arc de triomphe de l'Etoile que j'ai voulu étudier Paris pris dans son ensemble. Ce monument colossal forme comme une sorte de belvédère d'où l'œil embrasse toute la cité. Je reviendrai pour l'étudier lui-même, car on a eu la prétention d'en faire un monument type, et comme un Panthéon de la gloire française. Aujourd'hui je gravis l'escalier qui conduit à la plate-forme.

C'est de là que le panorama de Paris a quelque chose de féerique. La longue et large avenue des Champs-Elysées se développe devant moi et toute vaste qu'elle soit dans ses dimensions, elle s'agrandit encore par la perspective. Coupée une première fois par un rond-point au milieu duquel est une fontaine dont tout l'art consiste à lancer de fortes gerbes d'eau, arrêtée ensuite par l'obélisque de Louqsor, elle se termine au pavillon central des Tuileries L'avenue est majestueuse, quoique les arbres soient mesquins. Mais le

superbe massif des marroniers des Tuileries qui en
forme le prolongement, fait oublier la pauvreté végé-
tale de cette allée, entrée grandiose du plus vaste palais de l'Europe.

Après que mes yeux se sont reposés sur les Tuileries, sur le Louvre qui les complète, ils se portent
vers la Seine, couverte de ses ponts nombreux, je la vois
tracer son large sillon à travers la grande ville. Quoique la Seine ne puisse être classée parmi les fleuves
de première grandeur, il y a dans son cours paisible,
et dans ses eaux assez profondes, un aspect dont l'œil
est satisfait. Rien ne blesse le regard comme ces larges rivières sur lesquelles des cités brillantes sont
bâties, dont le lit, à peine assez profond pour recevoir
les eaux torrentielles à certaines époques, reste ensuite
presque à sec durant la saison chaude de l'année.
Vous suivez de l'œil un filet maigre d'eau limpide qui
serpente au milieu des sables et des cailloux roulés,
laissés à nu. A Pise, à Florence, dans la plupart des
villes de la belle Italie bâties sur des fleuves tombant
des Apennins, vous avez cette vue désagréable. La
Seine a beau descendre par les plus grandes séche-
resses, elle montre toujours un large bassin entre ses
jolis quais. L'espace qui longe la terrasse des Tuileries présente surtout une belle masse d'eau. Malheureusement ce bassin qui s'harmonisait avec le jardin
des Tuileries est coupé en ce moment par une passe-

relle qui vient aboutir au mur de la terrasse, sans correspondre à une rue, qui, du reste, aurait l'inconvénient de diviser en deux parts le magnifique jardin des Tuileries.

Je vois le fleuve se diviser et enceindre trois longues îles, dont la plus vaste fut Lutèce, là première cité des *Parisii*. La flèche aérienne de la Sainte-Chapelle, reconstruite depuis peu d'années et toute brillante de dorures. Un peu au-delà les deux tours de Notre-Dame terminent en face de moi le panorama de la ville moderne.

J'ai à ma droite le Champ-de-Mars, borné par ses longues et régulières constructions de l'Ecole militaire; un peu plus loin les Invalides, vaste palais surmonté d'un dôme dont on voyait encore les dorures en 1830 ; enfin toujours dans cette direction, le Paris de la rive gauche, composé du silencieux faubourg Saint-Germain et du quartier populeux des Ecoles. Je distingue parfaitement les deux flèches de l'église gothique récemment élevée sous le vocable de Sainte-Clotilde, les tours de Saint-Sulpice, de style moderne, à côté les riches pavillons du palais du Luxembourg, enfin le dôme du Panthéon dominant le petit plateau auquel on a donné par hyperbole le nom de montagne Sainte-Geneviève.

Il faut bien le dire, c'est le côté de Paris où les monuments paraissent à l'horizon se développer avec le plus de grandeur ; et cependant ce n'est pas là le grand Paris, le Paris de l'activité, le Paris du mouvement et des affaires. Dans les révolutions récentes qui ont changé le gouvernement de la France, le paisible habitant de la rive gauche venait timidement s'informer sur le quai Voltaire ou sur le Pont-Neuf de ce qui se passait à Paris : il avait entendu la fusillade dans le lointain. Son quartier silencieux était demeuré étranger à la lutte et ce n'était qu'à la fin de ces journées qui ont tant marqué dans notre histoire contemporaine qu'il apprenait la chute des Bourbons, le départ de Louis-Philippe, le coup d'Etat.

Voyons donc ce Paris de la rive droite. Il se montre devant moi avec une masse compacte de quartiers immenses au-dessus desquels mon œil découvre çà et là des monuments qui rompent la monotonie des maisons particulières. Ce sont les Tuileries récemment terminées et joignant le Louvre, l'église de la Madeleine en forme de temple grec, la colonne de bronze de la place Vendôme, travail qui rappelle les colonnes de la Rome antique, le Palais-Royal, les églises curieuses de Saint-Germain-l'Auxerrois et de Saint-Eustache, la tour isolée de Saint-Jacques, formant une espèce d'obélisque tronqué d'ordre gothique ; au-delà l'Hôtel-de-Ville, et dans les profondeurs du faubourg où sont entassées les industries les plus actives de Paris, la colonne de la Bastille, surmontée d'un génie doré aux

ailes déployées, qui manque de ce caractère de sévérité qu'on doit attendre d'une statue monumentale.

Tel est l'aspect de Paris du haut de l'arc de triomphe. Ce qui saisit à cette distance, où l'œil le plus
exercé ne peut rendre compte d'aucun détail, c'est
le caractère de force et de puissance dont la pensée se présente à l'esprit du spectateur. Il ne peut,
sans une émotion involontaire, contempler l'enveloppe
extérieure, la ruche travaillée par l'architecture humaine qui couvre le Paris intelligent, le Paris où
bouillonne le génie de la France, celui de l'Europe civilisée qui se donne rendez-vous à toute heure dans
la grande capitale.

Mais voyez ce spectacle grandiose, lorsque le soir
étincelant de millions de feux, dont la réverbération
rougit l'atmosphère, il s'élève de l'immense ville
comme un bruit de vagues frappant sourdement de
hautes falaises, bruit lent qui rappelle les premières
détonnations des orages et semble porter à l'oreille de
l'investigateur toutes les passions qui s'agitent, toutes
les paroles qui vibrent, toutes les joies qui s'exhalent,
toutes les douleurs qui se lamentent au sein de ce cra-
tère dont les explosions ont souvent fait trembler le
monde.

CHAPITRE V.

La petite Lutèce des Parisii.

Et cependant cette prodigieuse cité qui, dans quelques mois, va briser ses barrières et ne s'arrêter qu'à l'enceinte fortifiée dont une prévoyance peut être exagérée a pris soin de la défendre, a eu pour berceau la petite île de la cité. Là, entre les deux bras de la Seine, s'éleva paisible, la capitale ignorée des *Parisii*. Quelque romain moqueur lui donna le sobriquet de Lutèce, ville de boue, en souvenir de sa situation marécageuse et probablement de la malpropreté de ses rues. Mais Paris est son nom celtique, son nom national. Nos aïeux, comme font encore les Orientaux, devaient prononcer ce nom, en donnant de la valeur à la dernière consonne. Nous avons aujourd'hui le tort de dire *Pari*, traduction trop écourtée du vieux mot *Parisii* qui fut le nom de la peuplade gauloise aborigène. C'est dans César, illustre capitaine et grand écrivain, que nous trouvons la première mention de Paris.

Au sixième livre de ses Commentaires, il raconte comment il transporta à Lutèce des Parisiens l'assemblée générale, le congrès annuel des tribus gauloises qui devait se réunir au commencement de chaque printemps (1).

Au livre suivant, César raconte le siége de Paris fait par Labienus, son lieutenant, et la sanglante bataille gagnée par celui-ci contre les Gaulois commandés par Camulogène. Cette bataille de Paris, ce premier souvenir de l'histoire de la grande ville qui devait un jour célébrer elle-même tant de victoires, a occupé, on le pense bien, tous les écrivains, tous ceux qui arrivent à chercher dans les documents primitifs les faits glorieux des époques les plus reculées.

J'ai naturellement voulu me rendre compte de cette bataille, et, mon César à la main, j'ai satisfait ma curiosité de visiteur et d'antiquaire.

« Labienus venait de recevoir des renforts de l'Italie. Il partit avec quatre légions pour Lutèce, ville des Parisiens placée dans une île du fleuve de la Seine, où à la nouvelle de l'arrivée des Romains, des troupes nombreuses de toutes les cités voisines s'étaient réunies. Le commandement de toutes ces troupes avait été donné à l'aulerque Camulogène qui, malgré son âge avancé, reçut cet honneur, à cause de sa grande science dans l'art militaire. Le chef gaulois ayant remarqué que la Seine était enveloppée de marais sur

_____

(1) « Concilium Galliæ primo vere (ut virtutuerat) indicto... Concilium Lutetiam Parisiorum transfert. » *De Bell. Gall.*, lib. VI, ii.

ses deux rives, et qu'ainsi l'accès de la ville était très-difficile, s'arrêta dans ce lieu et résolut d'empêcher les Romains de franchir les marais. Labienus essaya d'abord avec des fascines à combler les marais par un agger et à s'y établir. Mais, ayant remarqué les lenteurs et la difficulté de ce travail, il sortit en silence de son camp, à la troisième veille, et se rendit à Melodunum (Melun) par la route qu'il avait suivie déjà. C'était une ville des Sénonais, placée dans une île de la Seine, comme nous l'avons dit de Lutèce. Ayant saisi cinquante barques environ, les ayant réunies avec célérité, il y fit monter des soldats, et s'empara sans difculté de la ville, les habitants étant effrayés de la nouveauté de cette attaque et alors en petit nombre, parce que la plus grande partie était avec l'armée. Il reconstruisit le pont que les ennemis avaient coupé quelques jours auparavant ; il fit passer ses troupes 'et redescendant le fleuve, il reprit le chemin de Lutèce.

Les ennemis ayant appris cette nouvelle par les fuyards qui venaient de Melodunum, ordonnèrent de brûler Lutèce et de couper les ponts de la ville. Eux-mêmes, sortant du marais qui était sur les rives de la Seine, allèrent en construire leur camp à l'opposé du camp de Labienus. »

Telle était la situation des deux armées. Labienus rentré dans son camp reçut de fàcheuses nouvelles. Il allait être enveloppé par des forces supérieures, dont il apprit l'arrivée prochaine. Attaqué de la sorte sur les derrières, ayant devant lui l'armée aguerrie de Camulogène, soutenue encore par la défense naturelle d'un grand fleuve, il comprit qu'il fallait changer son plan de campagne.

« En présence de ces difficultés qu'il n'avait pas prévues, il comprit qu'il ne pouvait avoir de ressource que dans son courage. Ayant convoqué, le soir même, un conseil de guerre, il exhorta les chefs à exécuter avec soin et rapidité le plan qu'il avait conçu. Il fit monter par des chevaliers romains les barques qu'il avait amenées de Melodunum et leur ordonna de descendre le fleuve, à la première ville, à la distance de quatre mille pas, et de l'attendre dans cet endroit. Il laissa, pour garder le camp, cinq cohortes des plus faibles pour combattre. Il ordonna que les cinq autres cohortes de la même légion partissent au milieu de la nuit et remontassent le fleuve avec tous les bagages, en faisant un grand tumulte. Il se procure quelques petites barques et il les envoie de ce côté du fleuve avec un grand bruit de rames. Lui-même, peu après sort en silence avec trois légions et se rend au point où les barques avaient ordre de l'attendre. Etant arrivés là, ils surprennent les avant-postes ennemis, placés le long du fleuve ; ils sont favorisés en cela par un violent orage qui s'était levé tout à coup. Les chevaliers romains qui en avaient la charge font passer rapidement le fleuve à la cavalerie et à l'infanterie.

Presque en même temps, au point du jour, on annonça aux ennemis que dans le camp des romains il se fait un tumulte inaccoutumé, que de nombreuses cohortes remontent le fleuve, qu'on entend du même côté le bruit des rames et que des soldats descendent un peu plus bas le fleuve sur des barques. A cette nouvelle, pensant que les légions allaient franchir le fleuve sur trois points et qu'effrayées par la défection des Eduens, elles se préparaient à fuir, ils partagèrent aussi leurs troupes en trois parties. Ayant laissé une garnison en face du camp de Labienus et envoyé vers Metiosedum une petite troupe qui avait ordre de s'avancer autant que les barques, ils portèrent le reste de l'armée contre Labienus.

Au point du jour, tous les nôtres avaient franchi le fleuve et l'on voyait l'armée gauloise rangée en bataille. Labienus ayant exhorté ses soldats à se souvenir de leur ancienne valeur et de tant de victoires déjà remportées, et à se figurer que César, sous la conduite duquel ils avaient si souvent battus l'ennemi, était avec eux, donne le signal du combat. Au premier choc, sur la droite où était la septième légion, les ennemis sont repoussés et mis en fuite. Sur la gauche où était

la douzième (1) légion, quoique le premier rang des ennemis fut tombé percé de coups de lances, le reste résistait avec opiniâtreté et nul ne laissait soupçonner qu'il put lâcher pied · Le général gaulois, lui-même, Camulogène combattait avec les siens et les exhortait. L'issue du combat était demeurée jusque-là incertaine lorsqu'on vint annoncer aux tribuns de la première légion ce qui se passait à la gauche. Ils portèrent alors leur légion sur les derrières de l'ennemi et levèrent leurs étendards. Dans ce moment même aucun des gaulois ne quitta sa place, mais entourés de toutes parts ils furent massacrés.

Camulogène eut le même sort. Ceux qu'on avait laissés en face du camp de Labienus, apprenant que le combat était engagé, vinrent au secours des leurs et s'emparèrent d'une hauteur. Mais ils ne purent soutenir le choc de nos soldats vainqueurs. Ainsi mêlés avec leurs fuyards que ni les forêts ni les hauteurs ne purent cacher, ils furent taillés en pièces par la cavalerie (2). »

J'ai laissé parler César, et l'envahisseur romain donne naturellement le nom d'ennemis à nos braves aïeux qui se font tuer devant les restes de leur ville incendiée. Le récit n'en est pas moins plein d'intérêt.

(1) Les commmmentateurs disent qu'il y a erreur de chiffre et qu'il faut lire la quinzième.

(2) *De Bell. Gall.*, lib. vii, ii.

J'ai voulu retrouver ce passage situé à quatre mille pas au-dessus de Lutèce où Labienus fit passer la Seine à ses légions. Ce point correspond à l'île qui se trouve en face de Saint-Cloud. Des fouilles récentes exécutées dans cette partie du fleuve ont amené des découvertes précieuses, des armes antiques, des médailles et tous les indices qui ne permettent pas de fixer ailleurs ce passage et en face de lui la sanglante bataille de Paris où échoua le courage de nos pères.

Un de nos plus illustres savants, M. de Saulcy, membre de l'Institut, a jeté sur cet épisode glorieux de l'histoire de nos pères le nouveau jour d'une savante discussion et a démontré que c'est réellement en descendant la Seine (1) et non pas en la remontant du côté de Corbeil qu'il faut chercher l'emplacement de cette bataille, comme le prétendent encore quelques écrivains.

Depuis César, les souvenirs de l'histoire sont rares sur notre Lutèce. Longtemps après l'asservissement des Gaules, Julien, qui avait habité le palais des Thermes, situé sur la rive gauche de la Seine, en face de la cité, et qui avait été proclamé auguste dans ce lieu même par ses soldats, nous donne un précieux renseignement dans son *Misopogon*.

« Ma chère Lutèce est bâtie au milieu d'un fleuve sur une petite île que deux ponts de pierre rattachent

_____

(1) *Secundo flumine*, dit César.

de chaque côté à la campagne. Ce fleuve ne change
pas avec les saisons et n'est pas moins navigable l'été
que l'hiver. Son eau est excellente à boire. Le climat
de Lutèce est doux et tempéré, peut-être à cause
de la proximité de la mer, et les vignes y sont de
bonne qualité et en grand nombre. »

Depuis lors, rien dans l'histoire sur Lutèce et les
Parisii. Il faut arriver à l'époque mérovingienne.

Les destinées de Lutèce, jusqu'à la fin du ve siècle,
sont enveloppées d'une obscurité complète. Qui songeait, en pleine décadence de l'empire romain, quand
le Nord était menacé par les barbares, que les der-
,iers romains s'épuisaient dans une vie sensuelle au
fond de leurs villas, rivalisant avec les palais des empereurs, qui songeait à la cité boueuse, malgré les
prédilections de Julien ?

Ne laissons pas inaperçus les traits principaux de la
description donnée par le César écrivain : la salubrité
des eaux de la Seine, la bonté de ses vignobles, la
douceur de son climat. L'homme, hélas! a le pouvoir
de changer la nature même. Les eaux de Paris sont
devenues dégoûtantes, tant l'immense cité actuelle y
déverse d'immondices. Il a fallu que l'art inventât les
filtres ; malgré cela, on se défie avec raison des eaux
corrompues du fleuve, et l'édilité parisienne songe, ni
plus ni moins, à amener à Paris, à l'aide d'un canal de
dérivation, les eaux de la Loire descendant pures et

limpides des montagnes où elles prennent leurs sources.

Quant aux vins de Paris, ils sont nettement classés au rang des vins détestables. Cependant ils eurent pendant des siècles la même réputation qu'au temps de Julien, et au xive siècle, on faisait cas des vins de Montmorency, de Ménil, de Pierrefitte, de Marly, d'Argenteuil, de Sèvres, de Meudon, etc. (1). Les vignerons parisiens, grâce à leur habitude récente de fumer la vigne pour lui donner un rapport plus considérable, ont enlevé à leur vin les principes délicats dont il retirait son parfum.

Depuis que l'homme a abattu les forêts, surtout celles qui couronnaient le sommet des coteaux, des vents impétueux que ne retiennent plus leurs barrières naturelles exercent leurs ravages sur le bassin de la Seine et amènent ces variations atmosphériques si fréquentes dont souffrent à Paris non-seulement les constitutions faibles, mais encore les natures les plus robustes.

Avouons-le, il y a une rude tâche dans la civilisation, c'est de guérir les plaies faites par la civilisation elle-même. Ce serait une pitoyable logique, pourtant, que de la flétrir en raison des maux qui la suivent, lorsqu'on sait d'autre part les bienfaits qu'elle apporte.

(1) L'abbé Lebœuf, *Hist. du diocèse de Paris*, t. IV, p. 27.

CHAPITRE VI.

Le Paris mérovingien.

Dans les premières années du vi⁰ siècle, Paris, commence à se montrer, et à faire présager sa gloire future comme capitale du nouveau royaume de France. Broyé sous les pieds des barbares, l'empire n'est plus qu'un souvenir vague au sein du monde nouveau. On s'inquiète peu de la Rome aux sept collines. Chaque peuple recommence sa vie nationale, et l'humanité recule au temps où les deux enfants allaités par la louve fondaient sur les bords du Tibre la petite ville qui devait être la dominatrice du monde.

Les Francs après avoir défait Syagrius s'étaient rendus maîtres de Paris. En 506, le vrai fondateur de la monarchie des Francs, Clovis, y établissait sa résidence. Le palais du conquérant fut celui même de Julien, ces Thermes dont la masse imposante rappelait les grandeurs impériales.

Paris, sous cette période, marque déjà dans l'histoire et nous transmet de glorieux souvenirs. C'est Gene-

viève, devenue la sainte populaire que Paris aura pour
patronne. Une bergère, tutrice devant Dieu de la ville
des savants, des penseurs, des artistes, quel contraste! C'est Clotilde attirant au christianisme ce Clovis dont le baptême lava le front, mais n'adoucit pas
l'instinct farouche. Des crimes dignes des barbares
souillèrent ce Paris mérovingien. La ville du reste
était elle-même un assez pauvre assemblage de maisons de bois que les incendies ravagèrent, où les fléaux
que la barbarie attire après elle se firent trop souvent
sentir, heureuse de trouver, dans les consolations que
la religion donne aux hommes, un adoucissement aux
souffrances de ces siècles de rudes épreuves. C'était le
Paris au milieu des vagissements de son berceau.

CHAPITRE VII.

Paris sous la seconde race.

Pendant l'époque carlovingienne, Paris continue son âge barbare. Ce n'est, comme à l'époque gallo-romaine, qu'une ville de bois protégée par son fleuve et montrant son orgueilleux palais de briques déjà en ruines comme un précieux vestige de son passé. Le grand homme de cette période, Charlemagne couronné empereur d'Occident, dédaigne la ville des mérovingiens. Il veut placer au centre du monde germanique, la capitale de cet empire éphémère dont ses fils ne pourront soutenir la grandeur. Aix-la-Chapelle devient sa ville de prédilection, et il habite rarement Paris.

Bientôt arrivent les Normands. Sur leurs barques légères, ils remontent la Seine, et pendant plusieurs années de ce siècle que les chroniqueurs s'accordent à nommer le siècle de fer, ils portent jusqu'à Paris même, dans le beau bassin qui s'étend jusqu'à l'Océan, la dévastation et la terreur. Charles-le-Chauve se décide à fortifier Paris contre leurs incursions. Il avait pressenti que ces pirates voudraient un jour continuer la conquête du pays. En effet, en 885, trente mille Normands paraissent devant la cité et en font le siége pendant huit mois. Le comte Eudes et l'évêque Gozlin défendent la ville fortifiée par Charles-le-Chauve avec un courage qui fut couronné de succès. Le moine Abbon, qui nous a conservé le récit de ce siége, dit avec beaucoup de justesse que le salut de la ville fut celui de la monarchie.

Nous trouvons, vers la fin du xe siècle, que Paris a peu gagné en étendue et que c'est toujours la ville défendue par le fleuve avec ses ponts fortifiés, ses deux faubourgs au nord et au sud. De petites agglomérations d'habitations rurales se groupent autour d'elle, qui plus tard firent partie de l'enceinte, telles que Saint-Marcel, Sainte-Geneviève, Saint-Germain-l'Auxerrois, Saint-Martin-des-Champs. C'était la religion qui élevait peu à peu des églises importantes par leurs souvenirs et attirait ainsi auprès d'elles les populations.

CHAPITRE VIII.

Paris sous les Capétiens.

Hugues-Capet, élu roi en 987, vint fixer sa résidence dans le palais de la cité, construit sous les derniers carlovingiens. C'était préciser davantage la suprématie de Paris sur toutes les autres villes de la
monarchie qui, dans les siècles précédents, lors des divisions du territoire en monarchies distinctes, avaient
été aussi des capitales. Maintenant la grande loi de
l'unité s'est établie. La royauté va grandir outre mesure. Sous les rois successeurs du premier capet, Robert II, Philippe Ier, Louis VI et Louis VII, le palais
de la cité est agrandi, on fonde des abbayes, des hôpitaux, des colléges ; on élève le grand Châtelet, qui
servait de demeure au prévôt de Paris. Une enceinte
nouvelle qu'on attribue avec beaucoup de vraisemblance à Louis IV, enclava les parties les plus rappro-
chées de l'île. Voici comment on trace les limites de
cette ville murée : sur la rive droite, le rempart partait
de la Seine, à la hauteur de Saint-Germain-l'Auxer-

rois, faisait un cercle qui enveloppait l'église Saint-Jac-
ques-la-Boucherie. Elle rejoignait la Seine, laissant
hors des murs la place de Grève. Sur la rive gauche,
elle partait de la rue actuelle des Grands-Augustins, et,
suivant les rues Saint-André-des-Arts, Hautefeuille,
Sarrazin et des Noyers, elle se terminait à la place
Maubert d'où elle rejoignait Paris. En dehors de cette
seconde enceinte on remarquait des terrains cultivés
et bâtis, presque tous entourés de murailles qu'on appelait des *clos*. Les plus importants, parmi lesquels des
abbayes, étaient sur la rive gauche, ceux de Sainte-
Geneviève, de Saint-Germain-des-Prés, de Saint-Vic-
tor, de Saint-Médard, de Saint-Marcel. Sur la rive
droite, ceux du Temple, de l'abbaye Saint-Martin, de
Saint-Merry, de Saint-Magloire ; on trouvait des *courtilles*, c'est-à-dire des jardins entourés de haies, et
sous le nom de *culture* des exploitations agricoles différent des clos et des courtilles, parce qu'elles n'avaient
ni haies ni murailles.

En dehors de l'enceinte sur la rive droite à peu de
distance de l'emplacement actuel de la Madeleine,
était la maison de plaisance des évèques de Paris.
Cette villa qui a gardé son nom dans celui de Ville-
l'Evêque devint le centre d'une agglomération importante. Sur la rive gauche, au-dessous de l'abbaye de
Saint-Germain, en cotoyant la Seine, était le Pré-aux-

Clercs, vaste promenade où les étudiants et plus tard les bourgeois de Paris prenaient leurs ébats.

Tout cela, disons-le cependant, n'est que le rudiment informe d'une capitale. Hâtons-nous de voir le Paris du xiie et du xiiie siècle, la ville de Philippe-Auguste.

CHAPITRE IX.

Le Paris de Philippe-Auguste.

Pour comprendre le mouvement qui emporte ce siècle et qui doit se réfléter dans le développement de la
capitale d'une nation, dont l'influence était déjà considérable en Europe, il faut se rappeler qu'on était déjà
au plus fort de l'époque des croisades, que l'esprit
humain sortant de l'enfance des âges précédents, se
trouvait dans toute l'efflorescence d'un âge nouveau.
Il y a donc un puissant intérêt à assister aux efforts
de l'homme pour inaugurer le monde moderne, qui se
dégage peu à peu des entraves de la barbarie.

Il faut remarquer qu'il y a une corrélation constante entre les travaux matériels exécutés à chaque
époque et le mouvement des sociétés elles-mêmes. Les
monuments d'un peuple disent sa civilisation, et par
monuments il faut entendre tout travail appliqué à
l'embellissement des cités et à la sécurité des habitants.

Ceci nous explique le développement de Paris à partir du règne de Philippe-Auguste.

En 1190 on commence une nouvelle enceinte formée d'un mur de huit pieds d'épaisseur (2 mètres 66 centimètres), flanquée de cinq cents tours et percée de treize portes. Voici la direction de cette enceinte sur la rive droite où elle fut d'abord commencée. Elle commençait par une grosse tour nommée la *Tour qui fait le coin* dont on distingue l'emplacement au-dessus du Pont-des-Arts ; elle passait par la rue St-Honoré, près de l'Oratoire, s'avançait de là jusqu'à la porte Saint-Denis, traversait la vieille rue du Temple entre la rue des Francs-Bourgeois et celle des Rosiers, et venait aboutir au quai des Célestins, en coupant la rue St-Antoine à la hauteur de l'église St-Louis. Telle était l'enceinte septentrionale de Paris. On voit l'espace considérable qu'elle a gagné. L'enceinte méridionale fut commencée en 1208. Elle partait d'une tour située au bord de la Seine, nommée la tour de Philippe Hamelin et plus tard la tour de Nesle, qui garde dans l'histoire une si triste célébrité ; elle passait au carrefour de Buci, à la place Saint-Michel ; de là à l'emplacecement actuel de l'Ecole polytechnique et rejoignait la Seine par la rue des Fossés-Saint-Victor et par celle des Fossés-Saint-Bernard.

C'est à dater de cette époque, qu'on établit la perception des droits d'entrée aux portes de la capitale.

Il faut payer les avantages qu'on retire d'une ville bien fortifiée et notablement embellie. Philippe-Auguste avait le goût des constructions. Sous son règne s'élèvent un grand nombre d'églises ; Notre-Dame est commencée. On construit des couvents, des hôpitaux, des colléges, des halles. Le Louvre, forteresse destinée à défendre la ville et à commander le fleuve s'élève avec le caractère des plus belles constructions féodales. Philippe-Auguste fut le premier qui pensa à faire paver les rues boueuses, qui établit des fontaines, répara les aqueducs et créa de nouveaux ports pour faciliter le commerce de la hanse parisienne. Jusque-là il n'y avait que deux ports sur la cité, celui de la Grève et celui de saint Landry.

Sous saint Louis, les travaux commencés par Philippe-Auguste se continuent et se complètent. On élève huit nouveaux colléges, entre autres celui de Robert Sorbon, dont le nom est resté à la Sorbonne. L'art gothique prend ses développements. Cette gracieuse importation de l'architecture arabe prend un caractère spécial : et emprunte à la Flore indigène les ornements de ses chapitaux, de ses nervures, de ses fleurons, l'art gothique semble devenir européen. De l'Ile-de-France, il se répand dans toute l'Europe, il se répand dans le monde germanique, en Angleterre. Le premier monument remarquable de cet art nouveau dont nous dotent les croisades, est la Sainte-Chapelle, construite dans le palais de saint Louis.

En 1211, Paris avait en superficie 252 hectares ; elle était de 349 en 1272, et, elle était arrivée à 438 hectares en 1367. On n'a pas le chiffre exact de la population ; on est réduit à des évaluations approximatives.

Un livre curieux intitulé *Paris sous Philippe-le-Bel*, porte la population de Paris, en 1328, à environ 274,000 individus. Ce n'est pas exagérer que de la supposer de 180,000 individus sous Philippe-le-Bel et saint Louis.

La nouvelle ville, à l'époque dont nous parlons, était divisée en trois grands quartiers : 1º la Cité; 2º la rive gauche, dite d'Outre-Petit-Pont ; 3º la rive droite, dite d'Outre-Grand-Pont. Cette partie était la plus populeuse. Les statistiques donnent les détails suivants aux curieux. Ces trois quartiers avaient trois cent cinquante rues, ruelles ou impasses, dix places, onze carrefours, vingt-cinq portes de ville, trente-cinq églises paroissiales, cinquante couvents, hôpitaux ou églises non paroissiales ; trois ponts, trois grandes boucheries, sept grands colléges ; vingt-six étuves ou bains publics. La population payait pour la taille une somme équivalente à 1,515,800 francs de notre monnaie.

Ces détails disent clairement l'importance que la ville avait prise à cette époque du moyen-âge où le mouvement européen fut immense.

Il faut dire aussi que l'agrandissement continua dans la même progression. Vers le milieu du XIVe siècle on enclava des quartiers nouveaux qui s'étaient formés au pied des remparts de Philippe-Auguste. Ce fut Etienne Marcel, prévôt des marchands, qui exécuta les travaux. Ce fut principalement vers le Nord que portèrent les agrandissements de cette époque. Le quartier du Temple et le quartier Saint-Antoine faisaient alors partie de l'enceinte, et des forteresses, appelées bastilles, servaient de fortifications. On évalue à 800,000 francs de notre monnaie les travaux exécutés à cette époque. C'était beaucoup pour le temps.

Charles V conserva le plan de Marcel; mais il fit exhausser les murailles, creuser les fossés de l'enceinte et reconstruire sur de plus vastes proportions la bastille Saint-Antoine. Cette forteresse formait un immense pâté flanqué de hautes tours, sur lequel régnait un crénellement continu. Cette redoutable construction féodale devint plus tard une prison d'Etat et fut démolie après avoir été prise par le peuple de Paris, le 14 juillet 1789. Tous ces travaux furent terminés en 1383. Paris admirablement défendu, avait alors l'aspect d'une des plus grandes cités féodales de l'Europe. Ses portes, ses tours, ses murs crénelés, ses bastilles, ses maisons à pignons aigus, ses châteaux à tourelles, son Louvre, l'une des plus belles constructions féodales de l'Europe, lui donnaient un cachet original que

le temps et les changements postérieurs lui ont fait
perdre.

Tel fut Paris jusqu'au règne de François Ier, c'est-
à-dire aux premières années de la renaissance. Il y a
là une limite entre l'ancien monde et le nouveau. Avant
de passer ce terme fatal après lequel la grande cité
prendra un tout autre caractère, jetons un dernier regard sur cette ville dont nous avons suivi les destinées
depuis quatorze siècles.

Quelle que soit alors son étendue, il y a dans l'enceinte de ses murailles, des champs, des vergers, des
clos immenses et des faubourgs qui, entrecoupés de
clôtures, ressemblent plutôt à des villages qu'aux
quartiers d'une grande ville. La Seine qui n'est pas
soutenue par des quais tout le long de ses bords, s'é-
chappe çà et là et cause des inondations fréquentes,
notamment vers la Grève et les terrains bas appelés
alors la *vallée de Misère*. Alors une partie de la ville
était submergée et l'on allait en bateau depuis la rue
Saint-Antoine ou la chaussée de la rue Saint-Denis,
jusque par delà la porte Saint-Honoré. La Seine laissait dans ses débordements des flaques d'eau et entre-
tenait les grand marais qui couvraient toute la partie
septentrionale de Paris, depuis Saint-Antoine-des-
Champs jusqu'à la Ville-l'Evêque et Neuilly. Pendant
une partie de l'année, plusieurs clos et plusieurs rues
devenaient des îles, où l'on ne pouvait aborder que par

des bateaux. On arrivait ainsi à la ferme Grange-Batelière, car c'est de là que lui vient son nom (1). La rue de la Coutellerie, celle de la Vannerie, où l'on péchait une partie de l'année, étaient baignées par des eaux mortes et l'on passait ce marécage sur les *Planches-Mibrai* (2).

Vers le centre de Paris, les rues devenaient étroites et les maisons entassées ne laissaient point de place aux jardins. Tels étaient les quartiers populeux de la Cité, de Sainte-Opportune, de Saint-Jacques-de-la-Boucherie et des Halles. Dans ces quartiers obscurs et bruyants, Paris était infect et hideux. Des exhalaisons fétides s'échappaient des rues fangeuses, où pendant des mois entiers demeuraient entassés les fumiers, les gravats, et les immondices. Les rues, par un temps pluvieux étaient peu praticables pour les piétons. Quelques-unes, qui formaient ce qu'on appelait *la Croisée de Paris* étaient à la vérité, depuis Philippe-Auguste, pavées aux frais du domaine royal, quelques autres rues étaient pavées des deniers de la ville, d'autres enfin devaient être pavées et entretenues par chaque propriétaire selon la longueur de sa maison (3) ; mais les règlements, qui imposaient ces obligations, étaient mal exécutés et la plupart des rues n'étaient

(1) L'abbé Lebeuf lui donne une autre étymologie.

(2) *Mibrai* signifie *milieu* du marécage; delà vient le nom de la rue Planche-Mibrai.

(3) Rigord. *Reg. Phil. Aug. in vit.* ann. 1184.

ni pavées ni nettoyées. Les hommes aux idées vieillies
-n'en étaient pas fâchés parce que, disaient-ils, les habitants craignant de sortir le soir, prenaient l'habitude
de rester chez eux où ils trouvaient le bonheur et la
paix. La circulation continuelle des chariots, bêtes de
somme, troupeaux et gens à cheval, remuait tout le
jour ce bourbier pestilentiel d'où sortaient, dans les
jours orageux de l'été, ces terribles épidémies qui portaient fréquemment la terreur et la mort.

Les nobles parcouraient la ville à cheval, leurs femmes se faisaient porter en litière. Les magistrats se
rendaient au palais montés sur des mules; les mar-
chandes étaient assises sur des ânes. Les bourgeoises
se servaient parfois de chars découverts, malgré l'ordonnance de Philippe-le-Bel, portant art. 1er. « *Nulle
bourgeoise n'aura char* (1). » Quant à la populace, elle
courait par les rues, à moitié perdue dans ces fumiers
épais, affreuse de sa pâleur, de sa malpropreté et des
haillons dont elle était couverte. Les noms de ces rues
étroites et sales indiquaient assez l'opinion même des
contemporains sur leur salubrité où les guet-apens qui
pouvaient y surprendre d'imprudents visiteurs. Telles
étaient les rues *Breneuse, Trou-Punais, Troynon, Mon-
Détour, Fosse-aux-Chiens, Mauconseil, Coupe-Gorge,
Vide-Goussel, Tire-Chappe, Mauvais-Garçons, Mauvais-*

(1) Ordonn. des rois, t. I, p. 541. — Montfaucon, t. V, p. 11.

Voisin, *Coup-de-Bâton*, et tant d'autres où végétait une population malsaine, sans air et sans clarté.

Paris fourmillait alors de *coupe-bourse* et de *tire-laines*. Les premier coupaient avec adresse les cordons les bourses que les passants portaient alors à leur ceinture, les autres tiraient violemment le manteau de de dessus les épaules de ceux qu'ils rencontraient. Ces voleurs exploitaient Paris en plein jour. La nuit ouvrait un champ plus tragique aux meurtres et aux assassinats. La ville devenait si périlleuse dès la chute du jour, que les baladins avaient ordre de commencer leurs farces et spectacles à deux heures de l'après-midi et de les fermer à quatre heures, afin qu'on pût être rendu chez soi avant le crépuscule (1). Pour se mettre à l'abri du vol, les bourgeois avaient imaginé de tendre la nuit aux extrémités de certaines rues des chaines qui pendant le jour étaient roulées à un crochet de fer fixé au mur de la maison du coin. Souvent au lieu de chaînes on fermait de portes les deux bouts de la rue, dès que la cloche du couvre-feu avait sonné.

On comprendra la difficulté de mettre un peu de police dans une ville ainsi organisée. Les abus de toute espèce étaient difficiles à détruire. Une ordonnance ayant défendu qu'on menât les pourceaux paître la fange des rues de la ville, on fut obligé d'excepter de cette mesure les troupeaux de l'abbaye Saint-Antoine,

(1) Il en était encore à peu près de même sous Louis XIV.

l'abbé ayant fait observer que ce serait manquer à saint Antoine, que de ne pas accorder ce privilége à ses cochons (1). Chaque état, chaque condition avait ses lois, ses usages, ses priviléges. Cet étrange moyen-âge, trop admirable par ses vertus pour qu'on ne l'aime pas, trop malheureux par ses luttes barbares et ses souffrances pour le regretter, se reflète tout entier dans le Paris de cette époque. N'oublions pas la physionomie gracieuse de la Cité, toute reconstruite d'après les règles de l'art ogival. Paris, depuis le Louvre jusqu'aux plus humbles manoirs, aux boutiques et aux échoppes même, n'était qu'une forêt merveilleuse d'aiguilles sculptées, de pignons aigus, de tourelles suspendues comme nids d'hirondelles aux murailles. Il n'y avait qu'un seul type d'architecture, la Sainte-Chapelle et avec l'ardeur enthousiaste du temps, pas de maisons qui n'eût emprunté à ces ciselures délicates, à ces broderies en pierre, tout leur ornement et leurs caprices.

Disons maintenant notre adieu à ce Paris des vieux âges. Nous en garderons quelques débris. La Sainte-Chapelle restera, Notre-Dame, l'hôtel de Cluny, quelques églises de paroisse, comme Saint-Germain-l'Auxerrois, Saint-Severin. Mais bientôt une architecture inconnue au moyen-âge envahira la grande cité. Le moyen-âge se meurt; son architecture tombera avec lui.

(1) Sainte-Foix, *Essais sur Paris.*

CHAPITRE X.

Le Paris de la renaissance.

Une grande révolution avait eu lieu dans le monde moderne. Les études de l'antiquité favorisées par l'arrivée en Italie et dans le reste de l'Europe, des savants de la Grèce expulsés de leur pays, avaient attiré l'attention sur les monuments et la littérature de la Grèce et de Rome.

L'Italie avait précédé de beaucoup la France et l'Europe occidentale dans ce mouvement qui a reçu le nom de Renaissance. Elle avait de grands poëtes, d'illustres écrivains, des monuments remarquables, que notre France se traînait encore dans cet âge de décadence littéraire et morale, qui remplit presque tout le XIVᵉ siècle. Mais le génie français une fois excité ne s'arrête pas. Au temps des croisades, il avait importé l'art arabe et en lui faisant subir une série de transformations, il était parvenu à en tirer une architecture nationale qui devint bientôt l'architecture de l'Europe occidentale.

Le même phénomène se produisit au moment de la
Renaissance. L'art n'étant que l'expression logique
des idées de chaque époque, il était tout simple que
l'architecture du moyen-âge, expression si frappante
des idées qui dominèrent au xiie et au xiiie siècles fut
remplacée par une autre architecture, expression à son
tour d'idées jusque-là à peine entrevues dans notre
Europe occidentale et qui devenaient rapidement do-
minantes.

C'est donc au règne brillant de François Ier qu'il faut
rapporter le profond changement qui s'opéra dans l'art
national. En 1533 on posait la première pierre de l'Hôtel-de-Ville, monument fort curieux où se montre clairement cette rupture complète de l'art du xvie siècle
avec celui du moyen-âge. Le Louvre fut en partie démoli pour être reconstruit sur un autre plan. Il fallait
que le mouvement architectural fut bien rapide, pour
qu'il eut la prétention de venir remplacer, par un édifice de formes nouvelles, le monument gigantesque qui
rappelait les souvenirs de puissance et de gloire de
l'ancienne France.

Ce fut Henri II, qui succédant à François Ier, eût la
gloire d'élever une notable partie du nouveau Louvre
et confia la direction des travaux des travaux à deux
artistes éminents, Pierre Lescot et Jean Goujon, les
vrais fondateurs de l'Ecole française.

Sous Charles IX, les Tuileries furent commencées ;

l'on continua le Louvre sous Henri III; Henri IV l'agrandit encore et le réunit aux Tuileries par cette immense galerie du bord de l'eau, un des morceaux d'architecture dont l'étranger aime le plus à étudier le caractère pur et original.

Jusqu'à la fin du règne de Henri IV, malgré les guerres étrangères et les discussions civiles, Paris prit un immense accroissement. L'enceinte de Charles V avait été étendue. Les faubourgs du Temple, Montmartre, Saint-Antoine, Saint-Jacques et Saint-Marcel furent fermés de remparts. Henri III agrandit encore l'enceinte fortifiée, ouvrit dans la cité des rues nouvelles et posa la première pierre du pont qui devait faire communiquer la rive droite vers le faubourg Saint-Germain, travail important qu'il ne put continuer à cause des guerres civiles, et qui ne fut repris que sous Henri IV. On comprend que l'exemple donné par les princes de la maison de Valois fut suivi dans ces constructions que les grands seigneurs élevèrent pendant tout le xvie siècle. Paris subit peu à peu sa transformation. L'architecture à la mode fit délaisser, rapidement, l'architecture fleuronnée et dentelée du xive siècle. Nous ne tarderons pas à entrer dans le grand siècle, où l'on dira une construction gothique pour indiquer un édifice vieilli, aux formes surannées, et où les écrivains du goût le plus pur, comme Fénelon, jet-

teront leur dédain à ces monuments gothiques si plai-
sants aux yeux de nos pères du moyen-âge.

———

CHAPITRE XI.

Le Paris du XVIIe et du XVIIIe siècles.

Pendant ces deux siècles, les embellissements et les améliorations continuèrent dans Paris. On crée le Jardin-des-Plantes : l'imprimerie royale est établie. L'Académie française est instituée. De nouveaux palais, de nouveaux ponts. de nouvelles églises sont bâties. Maisons religieuses, hôpitaux, théâtres, places publiques, cours plantés d'arbres, tout donne à la ville une physionomie nouvelle. Quoique Louis XIV n'aimât point Paris, et ne l'ait plus habité depuis la Fronde ; quoique Louis XV ait partagé sur ce point les antipathies de son aïeul, au point de faire de longs circuits pour éviter de le traverser, le mouvement donné par les rois leurs prédécesseurs ne s'arrêta point. et jusqu'à la grande date de 1789, Paris continua à voir s'élever dans son sein des monuments nouveaux et des constructions innombrables où l'art moderne déploya toutes ses ressources au service des grands et des fi nanciers qui rivalisaient de luxe et de magnificence.

3

Le Paris de Louis XIV, déjà immense, s'accrut sous Louis XV du faubourg du Roule, du quartier de la Chaussée-d'Antin, et des terrains environnants. Enfin sous Louis XVI, le mur d'octroi qui va être démoli et que fermaient les barrières de Paris, fut la dernière enceinte destinée non plus à une défense militaire, mais aux intérêts du fisc parisien. L'espace occupé était toujours le même que sous le règne précédent ; mais des constructions continuaient dans le sein de la ville et de nouveaux faubourgs s'étendaient au loin dans la campagne.

Disons-le, toutefois, la physionomie de ce nouveau Paris était loin d'offrir la grâce et l'originalité du Paris gothique. C'était un mélange de toutes les formes architecturales, une confusion de styles, effet naturel de la transition dans laquelle les édifices anciens continuaient à se montrer, à côté des constructions nouvelles, sans ordre et sans harmonie. D'ailleurs les embellissements se bornaient aux nouveaux quartiers. On ne songeait point à jeter un peu d'air et de lumière dans les parties de la ville où il y avait excès d'agglomération, et l'ancien Paris demeura ce qu'il était depuis des siècles une ville aux rues tortueuses, sombres et fétides.

CHAPITRE XII.

Le Paris du XIXᵉ siècle.

C'est dans ces derniers temps que l'édilité parisienne a compris l'importance de donner à la grande cité l'air dont elle était privée, au moyen de rues larges et de places nouvelles. Outre l'avantage stratégique de rendre Paris moins propre aux soulèvements populaires si faciles dans des quartiers aux rues étroites et tortueuses, on a gagné de démolir des maisons sans nombre, basses et mal éclairées, qui pouvaient devenir à l'époque des épidémies, des foyers de contagion. C'est là sans contredit un immense bienfait. Chaque règne a contribué depuis cinquante ans à ce résultat heureux. Mais c'est surtout depuis 1852 que la reconstruction en quelque sorte du vieux Paris à donné à cette capitale une physionomie nouvelle.

L'immense largeur des rues en général et en particulier de ces grandes rues plantées que nous appelons des boulevards, est une précieuse innovation. L'on construit évidemment dans la prévision que la ville de

de Paris s'étendant avant peu jusqu'à son enceinte fortifiée, exigera de larges voies de communication pour
les deux ou trois millions d'hommes, qu'elle est appelée
à contenir peut-être avant la fin de ce siècle.

Les changements apportés au vieux Paris sont tels,
que ceux qui l'ont habité il y a quelques années sont
tentés de se croire dans une ville inconnue. Lorsque
revenant le visiter depuis les constructions nouvelles,
ils se trouvent dans des quartiers brillants et aérés, élevés comme par la baguette des-fées, à la place des
quartiers sombres et malsains où ils avaient séjourné
autrefois.

Paris prend à ces reconstructions l'unité perdue depuis le moyen-âge, et quelque soit le caprice des architectes dans l'ornementation extérieure, quelque
mauvais goût souvent qui préside aux détails des façades, l'ensemble des maisons présente assez de traits
de ressemblancê pour que l'œil ne soit plus choqué du
mélange incohérent et bizarre de constructions disparates. Il faut reconnaître que les rues gagnent en monotonie ce qu'elles perdent en originalité. Mais l'œil
de l'homme aime l'ordre, la proportion, conditions ri-
goureuses de l'harmonie.

CHAPITRE XIII.

Places, rues, quais remarquables de Paris.

Avant de rien étudier des monuments de Paris, j'ai voulu bien connaître le Paris extérieur, le Paris en plein air, ses grandes places, ses grandes rues, artères puissantes de ce corps immense où semble circuler et déborder la vie.

Il y a un singulier contraste entre les différents quartiers de la grande ville. Si vous suivez les boulevards depuis la Madeleine jusqu'à la place de la Bastille, les grandes rues du Paris septentrional, celles par lesquelles débouchent les faubourgs, les nouveaux boulevards qui traversent la ville, il vous semble que ce sont les vomitoires sans fin de ces vastes amphithéâtres, où s'entassaient, dans les jeux publics, les villes de l'ancien monde. Si vous parcourez les rues régulières et pacifiques du faubourg Saint-Germain, les rues transversales de certains beaux quartiers modernes, vous y trouvez presque de la solitude, tant le mouvement de la population s'y fait peu sentir. On se demande si l'on est dans deux mondes différents, ou si un singulier hasard a fait deux Paris. L'un du recueillement et de la solitude, l'autre du bruit et de l'activité. Je me suis rendu compte de ce phénomène très-simple. C'est que le mouvement dans une grande cité ne tient pas à la population elle-même de chaque quartier, mais à la position de certaines rues que leur direction a rendues le passage obligé, parce qu'il est le plus court et le plus facile, d'une partie notable de la population.

La place de la Concorde m'a paru l'une des plus belles de toutes les grandes villes du monde connu. Si elle semble au premier aspect un peu perdue entre le massif des Tuileries et les arbres des Champs-Elysées, les deux monuments qui la terminent du côté du Nord, le beau pont qui semble la prolonger au Midi et lui donner pour encadrement le péristyle du palais Bourbon, arrêtent si heureusement le regard, qu'on aime ce mélange d'édifices somptueux et de verdure. Je n'ai rencontré nulle part en Europe un coup d'œil plus imposant. L'obélisque de Louqsor, qui en est le centre, est d'un admirable effet. On a parlé de placer ailleurs ce précieux monument de l'ancienne Egypte. Ce serait un malheur; et il faut faire des vœux pour que l'édilité parisienne, docile en cela au sentiment général, s'oppose à un tel déplacement.

Ce monolithe de granit rose, était à l'entrée d'un pi-
lone de temple égyptien. La destinée première d'un
tel monument n'est donc pas d'être isolé sur une place.
Mais il ne faut pas oublier que, pour nos regards ac-
coutumés aux obélisques apportés de l'Orient ainsi
dressés sur des places publiques, ces monuments sont
des trophées de la civilisation. Je dirai seulement que
le bloc énorme de granit qui supporte l'obélisque a de
trop fortes proportions. Pourquoi n'avons-nous pas eu
le goût, de donner à l'obélisque son véritable piédestal
composé de monstres égyptiens sculptés en bas-reliefs
que nous avons relégué dans le musée du Louvre? Je
ne saurais applaudir à l'idée de l'architecte d'avoir fait
graver en creux sur le piédestal les figures des diverses opérations auxquelles a donné lieu l'érection de
l'Obélisque. C'est pauvre d'effet et la dorure, dont on
a couvert ces desseins d'architecture, contraste avec la
noble gravité des hiéroglyphes. C'est évidemment un
manque de goût.

L'inscription gravée sur le piédestal est du style le
plus vulgaire. On devrait croire que nous n'avons pas
une académie, des inscriptions et belles lettres, pour
qu'on n'eut pas trouvé quelque chose de plus digne
au socle d'un monument de cette importance. On a sagement nivelé des fossés qui coupaient la place ; mais
on a respecté de petits édicules supportant des statues
colossales des grandes villes de la France. Gardons les

statues ; mais enlevons ces lourdes masses sur lesquelles elles reposent. Il n'y a pas proportion au regard.

Les deux fontaines, qui avec l'Obélisque, décorent la
place de la Concorde sont d'un dessin gracieux. Elles
sont en fonte, et le modèle y perd de la finesse ; mais
l'effet général est bon. Ce qui sera éternellement réprouvé par les hommes de goût, c'est que quatre gerbes
d'eau lancées du bassin inférieur aillent se perdre sur
les vasques supérieures d'où tombe la masse d'eau principale. Il y a là un contre-sens dont l'œil est choqué.
L'art doit s'astreindre aux lois de la nature, quelque
latitude qu'on donne à ses conceptions. Ici vous voyez
des eaux qui partent du sol et qui vont se briser contre la cascade qui tombe du sommet des bassins. C'est
dur au regard ; c'est recherché.

En me plaçant au pied de l'Obélisque, je vois l'allée
centrale des Champs-Elysées se développer avec une
incroyable magnificence. C'est unique en Europe et
probablement dans le monde. Quand le soir vous con-
templez cette longue et large avenue, sillonnée de
milliers d'équipages aux lanternes brillantes, au milieu
desquels paraissent les feux variés des voitures publiques scintillant de toutes couleurs, vous assistez à l'illumination permanente la plus féérique aux regards
que vous puissiez imaginer.

On sait les destinées politiques de cette grande place

de la Concorde. C'était autrefois un terrain inculte et abandonné, sur lequel on éleva en 1763 une statue équestre de Louis XV. Le piédestal était orné aux quatre angles de figures allégoriques dues au célèbre sculpteur Pigale. L'assemblée législative fit démolir cette statue en 1792. La place prit le nom de place de la Révolution. La guillotine y fut établie en permanence. Ce fut là que tomba la tête de Louis XVI et celle de Philippe-Egalité. Les bas-reliefs de Pigale avaient subsisté sous l'échafaud. On les retrouva en 1799 et on y plaça une statue colossale de la Liberté, en plâtre. La place prit alors le nom de la Concorde. La Restauration avait voulu y placer un monument expiatoire à la mémoire de Louis XVI. Ce travail ne fut pas exécuté et ce fut Louis-Philippe qui inaugura l'Obélisque sur la place où avait coulé le sang de son père.

La place Vendôme, qui n'a pas l'étendue de la place de la Concorde, a un tout autre caractère. Ici vous sentez la régularité froide des constructions du xviiᵉ siècle. Cette place fut en effet construite sous Louis XIV. On dit même que le roi rectifia le plan des architectes et lui donna la forme d'un quadrilatère à pans coupés. Son nom lui vient de l'hôtel de Vendôme bâti par Henri IV, sur l'emplacement duquel elle a été construite. Mais au xviiᵉ siècle on l'appelait la place des Conquêtes. Les bâtiments qui l'entourent, construits sur le plan fourni par Mansard, étaient destinés à lo-

3

ger la Bibliothèque royale, les Académies, la Monnaie,
et l'hôtel des Ambassadeurs. Les travaux interrompus
à la mort de Louvois furent repris plus tard aux frais
de la ville. On avait érigé au centre une statue équestre de Louis XIV, œuvre de Girardon, qui fut détruite
en 1792.

La colonne de bronze, qui en occupe le centre, a été
élevée par Napoléon Ier à la gloire des armées françai-
ses, et en souvenir de la campagne de 1805. Le bronze
provient des canons pris sur les ennemis Elle a 43 mètres de hauteur et les architectes qui l'ont construite ont
copié la colonne Trajane. Malheureusement les nombreux
bas-reliefs qui la couvrent sont d'une sécheresse désespérante, comme en général toutes les œuvres d'art de
l'empire. Elle n'en a pas moins un aspect imposant, et
c'est sans contredit le plus beau souvenir que l'empire
ait laissé. La statue de bronze qui était au sommet
représentait l'empereur en costume de César. Le jour
que les Bourbons firent leur entrée à Paris, on essaya
vainement de la renverser à l'aide de cordes. On l'en-
leva quelque temps après et elle fut remplacée par un
drapeau blanc.

Sous le règne de Louis-Philippe on inaugura la statue actuelle. Elle fut fondue avec le bronze provenant
des canons pris à Alger. Cette fois l'empereur César a
fait place à l'empereur historique, coiffé du petit chapeau et revêtu de la redingote grise, costume vérita-

ble de Napoléon quand il ne voulait rappeler ni les empereurs romains ni Charlemagne. Une seule inscription se lit sur le piédestal. Elle est en latin. Mais les critiques prétendent que ce latin est de mauvais aloi à commencer par le mot *Neapoli* qui signifiait plutôt Naples que Napoléon.

La place des Victoires fut commencée en 1685 sur les desseins de Mansard. Ce fut le duc de la Feuillade qui la fit construire sur l'emplacement de l'hôtel d'Emery et de l'hôtel de Senneterre. Elle a la forme elliptique. Le duc de la Feuillade érigea au centre en 1686, une statue en bronze doré de Desjardins, représentant Louis XIV en costume royal foulant à ses pieds un Cerbère dont les trois têtes personnifiaient la triple alliance vaincue par le monarque français. Une Victoire aux ailes déployées le couronnait de lauriers, tandis que son autre main portait un faisceau de branches d'olivier et de palmes. Aux angles du piédestal figuraient quatre statues de nations enchaînées. Ces statues, d'un fort bon style, sont en bronze et on les voit sur des socles à la façade de l'hôtel des Invalides. La seule inscription de ce curieux monument était celle-ci : VIRO IMMORTALI. Tout fut détruit en 1792. On ne saurait trop regretter de pareils monuments qui auraient pour nous aujourd'hui un double intérêt, au point de vue de l'art et de l'histoire.

La statue de Louis XIV fut remplacée pendant la

révolution par une pyramide sur laquelle étaient gra-
vés les noms des victoires des armées républicaines. En
1806 la pyramide fut renversée à son tour. On mit à la
place une statue en bronze de Desaix. Et celle-ci fut
fondue en 1814 pour servir de matière au Louis XIV
équestre qui se voit aujourd'hui.

Ce monument, d'un bel effet, quoiqu'il soit de trop
fortes dimensions en raison du peu d'étendue de la
place, fut inauguré en 1822 Il est l'œuvre de Plorio.
Louis XIV est représenté à cheval avec le costume
d'un empereur romain, la tête coiffée d'une perruque
et couronnée de lauriers. On ne peut trop blâmer ce
système de représenter les grands personnages de
l'histoire contemporaine avec un costume romain. Que
l'artiste eut ôté à Louis XIV sa longue perruque,
l'homme n'était plus reconnaissable ; qu'il lui ait conservé, comme il l'a fait, cette coiffure de l'époque, vous
avez un tout bizarre. Les anciens ne commettaient jamais de tels contre-sens. L'exemple heureusement
donné par la statue de Napoléon sur la place Vendôme,
laisse croire qu'on ne tombera plus dans cette faute
grossière.

Une petite place gracieusement encadrée par une
aile du nouveau Louvre et par le Palais-Royal demanderait à son centre un monument.

En suivant la rive droite de la Seine, après avoir
quitté le Louvre, je rencontre parmi les places les plus

dignes d'être citées, celle de Grève qui a son nom dans l'histoire. C'est ici que le vieux Paris a subi la plus complète transformation. Rien n'était hideux jusqu'en 1848, devant la gracieuse façade de l'Hôtel-de-Ville comme cette place de Grève étroite, sale, enveloppée de vieilles maisons sans caractère, irrégulière et mal pavée, où souvent les eaux formaient des cloaques. Les scènes les plus terribles de nos révolutions se sont passées-là, et en remontant trois ou quatre siècles, vous avez en foule le souvenir funèbre des suppliciés dont cette Grève a bu le sang. Je laisse dans l'histoire toute cette série de victimes coupables ou innocentes qui, depuis le connétable de Saint-Pol en 1475, jusqu'aux guillotinés de 1792 sont venus-là mourir sur des échafauds. Depuis 1830, cette place n'est plus le lieu fatal des exécutions. On a pensé, avec raison, qu'on ne moralise pas le peuple en lui donnant des spectacles de sang.

Promenez-vous maintenant sur cette belle place nivelée, élargie dans de grandes proportions, encadrée de constructions élégantes, éclairée de candélabres, qui font oublier les lanternes ignobles, où trop souvent l'impatience populaire suspendit les victimes des haines politiques, et vous jouirez de ce spectacle qui console. Nous reviendrons maintenant à cet Hôtel-de-Ville qui nous offre aussi d'intéressants souvenirs.

Je vous entraîne maintenant avec moi dans une large

et immense rue, qui ne brille point aux yeux par la richesse de son architecture, mais dans laquelle règne une prodigieuse activité. Le parisien, qui dans le Paris élégant, me semble partout un grand personnage, et que dans le style moderne on appelle un *monsieur*, ici change de vêtement et d'allure. Le beau sire est tout simplement l'ouvrier en blouse. Nous sommes au centre du faubourg le plus industrieux de Paris ; cette grande rue est la rue Saint-Antoine. Quel va et vient ! quel mouvement dans cette ruche où les métiers s'entassent, où des milliers de bras travaillent les objets de luxe que le monde entier étale dans ses maisons les plus somptueuses ! Nous voici au centre de cette vaste agglomération de travailleurs. Une place d'une étendue considérable, sans aucun caractère par les édifices vulgaires dont elle est entourée, porte cependant un nom, qui ne manque pas de réveiller dans l'âme une foule de souvenirs. C'est la place de la Bastille.

Elle ne conserve plus une pierre de la terrible forteresse dont elle occupe l'emplacement. Je n'ai point à faire ici l'histoire bien connue de la Bastille. Il est difficile cependant de s'y arrêter, sans que la mémoire soit assiégée des souvenirs qu'elle rappelle. Hugues Aubriot, prévôt de Paris qui la fit construire, y fut enfermé lui-même. Que de grands personnages, au milieu des luttes politiques du xvie siècle, furent jetés dans ce sombre donjon. Ceux-là du moins étaient entourés de tous les égards et n'avaient à regretter que la liberté. Le gouverneur de la Bastille ne leur parlait que debout et chapeau bas. Ils étaient entourés des mêmes soins et du même luxe que dans leurs palais. Le maréchal de Richelieu, pendant qu'il y fut enfermé, jouissait de l'air et de la lumière sur les terrasses. La rue Saint-Antoine était devenue la promenade de la cour. On passait devant le donjon pour saluer l'illustre prisonnier. Mais il y avait dans la redoutable Bastille, des créatures humaines, condamnées à vivre dans des cachots malsains sans que jamais un peu d'air pur arrivât à leur poitrine. Le comte d'Aillon sous Louis XIII, pour une étourderie d'enfant, fut enfermé dans un cachot qui n'avait ni fenêtre ni soupirail, et où il ne voyait que par la clarté d'une lampe. Quand il revit le ciel pour la première fois, après une prison de sept ans, cet homme de vingt-six ans était un vieillard à jamais débile et dont les cheveux avaient blanchis. Un pauvre écolier du collége Louis-le-Grand, pour deux vers latins, pour une faute de collége, resta trentedeux ans dans un cachot. Le prisonnier célèbre connu sous le nom de *Masque de Fer* doit être placé au premier rang des hôtes étranges de la Bastille. Le duc de Nemours y subit une longue captivité, dans une cage de fer, sous Louis XI. On a eu tort d'écrire que le cardinal la Balue y avait été prisonnier. C'est à Loches que Louis XI fit enfermer ce personnage dans une cage

de fer où il coucha quatorze ans. Voici comment Philippe de Comines, qui passa huit mois dans une de ces
cages, en donne la description : « Elles étaient couvertes de pattes de fer par le dehors et par le dedans,
avec terribles fermetures, de quelques huit pieds de
large, de la hauteur d'un homme et un pied plus (1). »
Le maréchal de Biron fut décapité à la Bastille, sous
Henri IV. Bassompierre y passa treize ans sous
Louis XIII. La célèbre madame Guyon, l'amie de Fénelon, la Brinvilliers et la Voisin, dont le nom rappelle
des crimes infâmes, le Maistre de Sacy, Voltaire, la
Bourdonnais, Lally-Tollendal, le cardinal de Rohan,
Linguet, la Chalotais sont les personnages les plus célèbres que cette prison ait enfermés jusqu'à sa des-
truction. Tous ces souvenirs avaient rendu la Bastille
un objet de terreur. On savait que ce n'était ni le roi, ni
les ministres, ni les parlements qui remplissaient les
cachots. Le plus souvent, c'était un favori qui obtenait
en blanc une lettre de cachet pour assouvir quelque
vengeance personnelle. Avant le 14 juillet 1789 on
avait déjà demandé qu'elle fut démolie. Le dernier
article du cahier du Tiers-Etat de Paris aux Etats-
Généraux était conçu en ces termes : « Sur le sol de
» la Bastille, détruite et rasée, on établira une place
» publique au milieu de laquelle s'élevera une colonne

(1) Mém. de Phil. de Comines. Liv. VI, ch. 12.

» avec cette inscription : *à Louis XVI, restaurateur de* » *la liberté publique.* »

Cette colonne ne fut point exécutée. Mais en 1831, on éleva la colonne actuelle à la mémoire des combattants des journées de juillet 1830. La colonne repose sur un massif circulaire qui lui sert de première assise. Au-dessus de ce massif est un soubassement carré orné de vingt-quatre médaillons de bronze. Il supporte le piédestal en marbre blanc sur lequel s'élève la colonne. Ce piédestal est orné aux angles de quatre coqs de bronze retenant une guirlande qui retombe en festons et va d'un angle à l'autre. Sur la colonne on lit en lettres d'or les noms des six cent-quinze combattants de juillet, dont les cendres reposent sous le monument. Le chapiteau est d'un style de fantaisie et à forme très-évasée. Au-dessus est une lanterne que domine une statue en bronze doré, représentant le génie de la liberté. Quoique le monument dans son ensemble dépasse en hauteur, de quatre mètres la colonne Vendôme, il n'en a pas la grâce et la sévérité. Il ressent la recherche et l'on ne s'arrête pas devant lui avec ce saisissement que commandent les grandes œuvres d'art quand le génie leur a imprimé un caractère de beauté incontestable. Toutefois la colonne de juillet est admirablement placée ; et à part les dômes élevés des églises, les clochers, et les tours de Notre-Dame, elle se dresse avec orgueil au sein de la cité industrieuse, comme pour attester sa force et ses aspirations jusqu'à ce jour si redoutées.

Je m'arrêterai peu à la place Royale, place silencieuse, toute plantée d'arbres, décorée de fontaines, et au milieu de laquelle s'élève la statue équestre de Louis XIII. On l'a comparée avec raison au préau d'un immense monastère. Elle n'est fréquentée que par quelques enfants et quelques vieillards. Quoique les bâtiments en brique dont elle est entourée soient d'une bonne conservation, on se croirait ailleurs que dans Paris quand on traverse cette solitude. On dirait un quartier délaissé de la Rome moderne. La place Royale est une veuve qui porte depuis deux siècles le deuil du règne de Louis XIII, dont elle a vu les splendeurs.

Le Paris de la rive gauche, n'a pas de places dignes de quelque intérêt : celle de Saint-Sulpice est assez animée. C'est le passage incessant d'un grand nombre de voitures publiques. Mais la fontaine qui la décore est d'un goût détestable. Ses vasques énormes semblent être faites pour l'esplanade des Invalides, tant elles sont disproportionnées au peu d'étendue de la place. Une construction quadrangulaire surmontée d'une calotte sphérique présente quatre niches où se voient les statues de Bossuet, de Fénelon, de Fléchier et de Massillon. On a fait la remarque, pleine de justesse, que si l'on a eu pour pensée d'honorer les quatre grands orateurs de la chaire française, il fallait substituer Bourdaloue à

l'Fléchier. Cette fontaine est due aux dessins de Vis-
osonti. Elle a le défaut d'être construite en calcaire
'd'un grain grossier, ce qui nuit encore à la condition
première de délicatesse qu'on aime à retrouver dans
un monument. Je n'ai pas mis au rang des places l'esplanade des Invalides et le Champ-de-Mars. Ce n'est
pas là un centre de mouvement. La beauté de ces
vastes emplacements serait les arbres qui les entourent si l'on n'était pas forcé d'avouer tristement qu'elles sont tout à fait mal plantées. Les arbres y péris-
sent chaque année, comme ils le font depuis longtemps
aux Champs-Elysées. On accuse de ce fléau qui atteint
la végétation, les émanations du gaz. J'ai vu aussi sur
ces places un insecte ronger l'écorce des arbres et les
faire périr.

Le Champ-de-Mars a ses souvenirs dans notre histoire contemporaine. Il vit la grande fête de la fédération du 14 juillet 1790 où Louis XVI prêta serment
à la Constitution décrétée par l'Assemblée nationale,
celle du 10 août 1793, où l'on célébra la Fédération,
celle du 9 juin 1794, appelée la fête de l'Etre-Su-
prème. La plus célèbre, sous l'Empire, appelée l'Assemblée du Champ de Mai, eut lieu le 1er juin 1817 ;
Napoléon prêta serment aux nouvelles constitutions
de l'Empire. Peu de jours avant son départ pour la
campagne d'Italie, Napoléon III a passé au Champ-de-
Mars de magnifiques revues de troupes.

Dans ces grandes solennités nationales, le Champ-de-Mars dont l'étendue est immense, voit par centaines de mille les spectateurs s'étager sur les glacis qui bordent la place. La façade monumentale de l'Ecole militaire sert de décoration à l'une des extrémités ; de l'autre c'est la Seine avec ses quais et le beau pont d'Iéna. Le Champ-de-Mars est pour le Paris moderne, ce qu'était à Rome l'immense amphithéâtre de Flavien. Mais la Rome antique offrait en spectacle des combats de gladiateurs, où les supplices glorieux des martyrs. Ici le spectacle est moins terrible ; il n'en a pas moins son intérêt, ce sont les grandes représentations politiques de la France.

J'ai à parcourir maintenant les rues de Paris, celles surtout qui peuvent le mieux répondre à mon instinct d'investigateur curieux. Pour cela, j'ai à me rendre dans ce qu'on appelle le beau Paris. Cette partie, en effet la plus splendide, donne une grande idée de la capitale. C'est déjà une ville merveilleuse dans la grande ville. L'étranger qui la parcourt est forcé d'avouer qu'il ne se rencontre rien de pareil. Il peut partir de la place de la Concorde, prendre la rue Royale, les boulevards, suivre les rues de la Paix, de la Chaussée-d'Antin, la rue de Rivoli, la rue Saint-Honoré, parcourir ces quartiers où s'est établie l'opulence princière, et après ses longues courses, il aura une idée nette de la prédominance de Paris sur toutes les capitales de l'Europe. On est surpris que des rues si sobres d'architecture aient un tel cachet de distinction.

Je ne suis pas moins curieux de me jeter comme à l'aventure, dans les quartiers où le commerce de luxe étale les magnificences des produits de l'industrie moderne. Quelle grâce dans l'agencement de ces riches magasins! Les uns ont la coquetterie délicate des plus jolis boudoirs. Les autres rappellent, par leur ornementation, les salons du meilleur goût du monde aristocratique. D'autres sont des palais immenses, où l'on se perd de salle en salle. Je ne me contente pas de regarder aux devantures. Je veux m'approvisionner de quelques souvenirs de cette industrie parisienne, si renommée pour l'élégance de ses produits. A côté de la grande dame, qui achète pour des sommes considérables, je suis servi avec le même empressement, avec la même délicatesse, quand je n'achèterais que pour quelques centimes. La politesse du marchand parisien est exquise.

En sera-t-il de même dans les quartiers moins brillants, dans les faubourgs interminables, où les boutiques succèdent aux boutiques, où les rues sont trop étroites pour le nombre des passants, où le mouvement, l'activité rappellent une ruche où tout bourdonne? Ici, je le vois, les maisons sont plus modestes, la devanture aristocratique avec ses glaces immenses et ses

dorures, et ses panneaux artistement vernis, fait plac
à l'étalage plus simple de nombreuses marchandises
J'entre aussi dans ces vastes magasins, comme dan
les humbles boutiques. Partout mêmes attentions
même empressement, même politesse.

J'ai voulu me rendre compte de ce phénomène, qu
donne à tant de milliers d'hommes si distincts d'édu
ducation, de mœurs, de caractère, ce cachet uniform
qui constitue le bon ton du magasin. C'est l'estime d
soi, cette idée : je suis négociant à Paris. C'est ains
qu'un soldat est brave : j'appartiens à tel régiment
On ne peut nier que les relations de la vie ne soien
embellies chaque jour par cet échange perpétuel d
politesses. C'est une école de bienveillance, c'est pres
que une demi-vertu.

Je terminerai mon exquisse de ce jour par l'impression que j'ai reçue d'une charmante course sur les
quais de Paris. C'est probablement ce que les visiteurs
étrangers ou provinciaux admirent le moins. Il y a là
une œuvre grandiose qui ne contribue pas peu à donner au centre de Paris un caractère monumental. Le
point le plus remarquable pour le coup d'œil, le soir
est le pont de la Concorde. En amont, des feux innombrables s'alignant sur les deux rives de la Seine, par-
courant les ponts, se reflétant dans ce beau fleuve.
présentent une illumination séduisante. En aval, le
regard suit les longues traînées de lumière du Cours-

la-Reine et du quai d'Orsay, qui vont se perdre comme des nébuleuses dans les hauteurs de Chaillot.

Jusqu'à ce moment de mes recherches curieuses sur Paris, le sentiment général que j'éprouve et que je résume dans ces premières pages, est celui d'une simplicité grandiose, d'une distinction aristocratique et princière, qui se retrouve partout, dans les palais comme dans les habitations vulgaires sans cette prétention au colossal, qui est le défaut choquant, où tombent les peuples qui manquent de goût.

CHAPITRE XIV.

Les églises monumentales de Paris.

Paris n'est pas riche en églises. Cette proposition semble au premier aspect un paradoxe. Si vous exceptez Notre-Dame et la Sainte-Chapelle pour les monuments de style ogival, le Panthéon pour les monuments de style moderne, tout le reste, ne mérite pas d'être classé parmi les grands travaux, qui doivent légitimement exciter l'admiration.

Paris ne possède presque rien de l'architecture romane qui, jusqu'au XIIe siècle, a couvert l'Europe de basiliques d'un caractère si éminemment religieux. Je suis allé visiter la nef de Saint-Germain-des-Prés, seul reste important de l'architecture romane à Paris. Elle date des premières années du XIe siècle ; mais les voûtes sont postérieures. Ce précieux débris du vieux moyen-âge n'en mérite pas moins d'être étudié avec soin. Il montre toute la gravité de cette époque religieuse. L'église gothique a plus de légèreté et de grâce : les vitraux qui l'enveloppent de leurs brillantes couleurs, les voûtes immenses qui se perdent dans les airs avec leurs délicates nervures, les dentelures capricieuses de la pierre qui bâtit les autels, les retables, les chaires, les jubés, contrastent avec la rudesse, la lourdeur même des détails de l'art roman. Ces deux architectures, si dissemblables, disent deux époques bien distinctes. Dans l'une, l'humanité est encore à ses rudes épreuves; et les lourds chapiteaux où pleurent les personnages, où grimacent les monstres symboliques prêts à dévorer l'homme, indiquent la lutte du monde contre les maux qui l'étreignent. Dans l'autre, l'humanité prend son essor ; elle commence à briser ses entraves ; dans ces aspirations vers Dieu, elle chante comme un hymne de joie que des jours nouveaux se lèvent pour elle. C'est le chant de l'*Alleluia* après les jours lugubres de la pénitence.

Ce contraste est frappant à la pensée, lorsque sortant de la nef sombre de Saint-Germain-des-Prés, on gravit l'escalier aérien de la Sainte-Chapelle, et qu'on se trouve dans ce merveilleux bijou de l'art gothique, aussi délicatement travaillé en pierre qu'un reliquaire d'or émaillé sortant des mains de l'ouvrier après avoir été fini dans ses plus minutieux détails.

La grande habileté de Pierre de Montereau, l'architecte de la Sainte-Chapelle, a été de faire un édifice complétement à jour sans avoir besoin de recourir, comme on le fit plus tard, à ces laids arcs-boutants qui

4

supportent les voûtes des églises gothiques. Sa voûte,
la plus hardie qu'on puisse concevoir en ce genre, ne
porte que sur de simples faisceaux de colonnettes.
C'est donc une série ininterrompue de vitraux. Il faut
ajouter pourtant que ces faisceaux de colonnettes qui
ont si peu de saillie dans l'intérieur de la Sainte-Chapelle, forment au dehors des contreforts épais combi-
nés de manière à buter les voûtes et à en soutenir le
poids. Il faut ajouter enfin, pour réduire à une juste
appréciation le mérite de cette brillante construction
qui subsiste, sans une lézarde, depuis le xiiie siècle, que
toutes les pierres sont retenues par des clavaux de
métal, précaution habile, mais qui prouve que l'architecte n'avait aucune foi dans la solidité de son
œuvre.

Quant au coup-d'œil que l'intérieur de la Sainte-
Chapelle offre à celui qui y pénètre pour la première
fois, il n'est pas donné à la plume de le décrire. On est
ébloui par ces innombrables petites verrières, dont
chacune présente un sujet biblique en miniature. C'est
un riche écrin, où s'étalent les topazes, les rubis et les
émeraudes. Le vulgaire est surtout passionné pour
cette décoration éclatante. Et l'on s'explique, quand
on a vu cette merveille, que trois siècles entiers se
soient mis à l'œuvre pour détruire les vieilles et nobles
basiliques de l'art roman, afin d'y substituer des ca-

thédrales dans le style brillant de la Sainte-Chapelle.

En quittant ce curieux édifice, je me transporte à Notre-Dame. Ici l'art gothique revêt plus de grandeur. La façade avec ses deux tours est réellement imposante. Peut-être même, parce que ces tours manquent de flèches et se terminent en terrasse, prend-elle de cette circonstance un caractère spécial de noblesse et de gravité. La statuaire du moyen-âge commence à se montrer avec un indice frappant du progrès. Il en est de même à Chartres. L'art cesse d'être hiératique. Les vierges et les saints ont perdu leur raideur convenue. Le naturalisme commence à poindre. L'art chez nous ne s'arrêtera plus. La nef avec ses collatéraux est d'une grande beauté. Son *triforium*, ou galerie à jour au-dessus des bas-côtés, est d'une légèreté admirable. Les colonnes des baies sont en marbre, ce qui est une innovation dans le Nord de notre France, où le marbre ne se montrait jamais. Le défaut de cette grande nef, c'est son extrême élévation. Comme dans toutes les nefs gothiques, elle n'est plus en harmonie avec les nefs latérales et sa grande hauteur, lui fait perdre aux regards sa largeur réelle. Les architectes du XIIIe et du XIVe siècle ne se sont pas aperçus qu'ils violaient en cela, l'une des règles éternelles du beau : la proportion.

Trois grandes rosaces rayonnantes terminent à

Notre-Dame, les transepts et le bas de la grande
nef. Elles produisent un admirable effet. Je me suis
arrêté longuement à étudier les bas-reliefs qui décorent extérieurement la clôture du chœur. Ils sont d'une
grâce charmante, rappelant ce que le moyen-âge a
sculpté de plus naïf en ce genre. La pierre est bien
fouillée ; les contours sont délicats ; le dessin ne manque pas de pureté. C'est sans aucun doute la page de
sculpture la plus précieuse que Paris possède des artistes du moyen-âge, toute mutilée qu'elle soit par les
réparations des siècles postérieurs.

Par son étendue, ses longues nefs, ses magnifiques
portails, ses immenses et belles rosaces, Notre-Dame
occupe une belle place parmi les grandes cathédrales
du monde chrétien. Elle est pauvre aujourd'hui à l'intérieur ; elle manque de vitraux. Son chœur est obs-
trué de tableaux et de boiseries ; les piliers primitifs,
du sanctuaire et du chœur, ont fait place à des piles
carrées décorées de marbre ; les arcs ogivés sont chan-
gés en plein cintre. Et ces malheureuses restaurations,
quelque luxe qu'elles puissent affecter, sont un contre-sens dans un pareil monument. Elles devront disparaître, pour que l'église ogivale se présente avec son
caractère d'unité que ces enjolivements ont détruit.

Des peintures murales vont couvrir tout l'intérieur
du monument. Je n'ose pas dire qu'elles ne soient pas
dans le style de l'édifice, mais je pense qu'elles lui

ôteront son caractère de simplicité et de majesté. La
véritable peinture murale des églises est la mosaïque.
Mais les églises gothiques ne présentent pas les sur-
faces étendues que les mosaïques demandent. Pour
ces dernières, il faut les églises byzantines comme
Saint-Marc de Venise, ou les nobles basiliques romaines.

Parmi les autres églises du style ogival de Paris, que
j'ai visitées avec quelque intérêt, je dois citer la petite église de Saint-Séverin et celle de Saint-Germain-
l'Auxerrois.

Je n'ai pas manqué de donner une attention sérieuse
à un monument religieux fort singulier, dont l'exemple
est peut-être unique en Europe, du moins dans de telles proportions ; c'est l'église de Saint-Eustache. Construite au xvie siècle, elle porte le double cachet de
l'art ogival par sa disposition, son plan, ses piliers, et
de l'art de la renaissance par l'ornementation emprun-
tée aux ordres grecs, par ses voûtes surbaissées et
l'emploi de ces caprices d'imagination, que la renaissance a prodigués dans tous ses monuments. Il en résulte un édifice hybride dont la bizarrerie étonne, mais
qui captive par l'effet que produit cette alliance d'éléments si disparates.

Je me reprocherais de ne pas donner aussi un bon
souvenir à l'église Saint-Etienne-du-Mont, gracieux
spécimen de l'art ogival à sa dernière période. C'est là

que les admirateurs du moyen-âge vont contempler ces
prodigieux culs-de-lampe suspendus aux voûtes à nervures, qui furent le dernier effort des architectes du
temps, pour produire des effets surprenants. J'aime
mieux, je l'avoue, le charmant jubé qui sépare le
chœur de la nef, construction délicate et soignée, qui
se marie à merveille avec les piliers des églises gothiques et qu'on a eu le tort de faire disparaître de la plupart de nos cathédrales. L'on ne se lasse pas de suivre
du regard les balustrades découpées à jour, comme de
la guipure, ses rampes contournées en courbes hardies,
qui s'enlacent aux piliers arrondis du chœur. C'est
sans contredit un modèle du genre.

Je quitte maintenant le moyen-âge et la renaissance. Deux époques presque rivales; tant, chacune
dans son genre, elles ont produit d'œuvres gracieuses,
et je cherche ce que je puis admirer des travaux exécutés dans l'époque postérieure, où l'art a pris la dé-
nomination bien vague d'art moderne.

Parmi les nombreuses églises du xviie et du xviiie
siècle, j'en ai remarqué bien peu, qui aient à mes yeux
un caractère vraiment monumental.

Saint-Sulpice est vaste, inondé de lumière, et mer-
veilleusement disposé, pour les besoins d'une immense
paroisse. Son portail est d'un grand effet. Il réunit à
la fois l'élégance de la construction et la majesté de
l'ensemble. Et voilà cependant qu'il est flanqué de

deux tours, qui diffèrent de distribution et de style,
dont l'une même est inachevée. C'est le morceau capital de l'architecture religieuse moderne. Toutefois,
aux yeux de l'homme de l'art, il a le défaut capital de
ne pas se lier au monument. Par là même qu'il s'élève
en dehors au-dessus des toits de la nef, il paraît n'être
qu'un placage, vice radical que le goût réprouve et qui
est contraire aux règles de l'art.

J'ai remarqué à l'intérieur l'embarras des architectes pour éclairer le monument. Ils voulaient la lumière, et ils ont réprouvé les vitraux qui assombris-
sent les églises gothiques. Mais leurs larges baies en
plein cintre ont un aspect froid. La décoration en sculpture de la voûte centrale, qui est une coupole plate
portée sur des pendentifs, est du plus mauvais goût.

Le grand monument religieux, le plus beau sans
contredit que présente à Paris l'architecture moderne,
est le Panthéon, dédié à Sainte-Geneviève. Cette
église fut commencée en 1751. C'est donc l'édifice qui
résume le plus complétement l'art moderne, et il a dû
attirer toute mon attention. Il est précédé d'un péristyle formé de vingt-deux colonnes cannelées d'ordre
corinthien, supportant un fronton triangulaire. Cette
façade, exécutée avec une grande hardiesse, rappelle
ce que les anciens ont fait de plus beau en ce genre,
et en particulier le péristyle du Panthéon à Rome. On
sait que le tympan du fronton est une des plus gran-

des pages de sculpture monumentale de l'Ecole française. Elle est due au célèbre David. Elle représente la Patrie distribuant des palmes aux grands hommes groupés à sa droite et à sa gauche. C'est le poëme sur la pierre dont on lit plus bas la légende : *Aux grands hommes la patrie reconnaissante.* Malheureussment cette sculpture, purement civile et profane, est déplacée au frontispice d'une église catholique. Comment les hommes qui voulurent faire du Panthéon un monument destiné à recevoir les cendres des hommes illustres de la France, ne comprirent-ils pas qu'il n'y avait rien de mieux que de les placer sous la sauvegarde de la religion ? Ou si, en raison de la disparité de croyances et de cultes, ils n'avaient pas voulu une église, pourquoi choisirent-ils un monument dont le plan, la forme, la distribution indiquaient nettement une destination religieuse. Il fallait alors un vaste mausolée, conçu dans cette idée, sorte de cimetière monumental, une espèce de campo-santo où le beau fronton de David eut trouvé sa place et non pas cette adjonction bizarre à une grande église, qui déplaît à ceux qui n'ont pas de principes religieux, et blesse ceux qui ont un plus vif sentiment de foi.

La sérieuse beauté de ce monument, qui n'a pas été, selon moi, assez remarquée, est la grâce et la légèreté des coupoles suspendues sur leurs piles, qui elles-mêmes sont à jour et évidées par des coupoles plus petites. Chaque grande coupole surbaissée, se trouve ainsi supportée, avec ses pendentifs et ses arcs doubleaux, par des points d'appui d'une telle légèreté, qu'on s'étonne que tout cela ne s'écroule pas au premier moment comme un château de cartes. Cet intérieur du Panthéon est une des plus belles choses que l'on puisse voir. Ce n'est pas écrasant de grandeur comme Saint-Pierre de Rome. Mais Soufflot, l'illustre architecte de ce monument, a obtenu un effet grandiose avec des dimensions relativement petites, pendant que l'architecte de Saint-Pierre de Rome n'a obtenu qu'un effet ordinaire avec des dimensions colossales. Au point de vue de l'art, la supériorité est ici du côté de Soufflot.

Ce qui sera toujours réprouvé dans cette œuvre, c'est la colonnade extérieure, qui enveloppe son dôme sans le soutenir. C'est donc malheureusement du placage. Or, il existe une règle d'art qui ne souffre pas une exception, que la colonne ne puisse jamais être employée dans un monument, sans que son usage soit démontré nécessaire, pour supporter la partie de l'édifice qui s'élève au-dessus d'elle.

Un autre effet disgracieux de cette colonnade, c'est de faire trouver le dôme trop étroit et trop petit en raison du péristyle circulaire, qui est censé devoir le supporter.

Le nu des murailles à l'extérieur est encore un des défauts choquants du Panthéon. C'est un contraste

4

déplaisant avec la richesse de la façade. On a aussi
blâmé, et avec une juste sévérité, les peintures allégoriques des quatre pendentifs qui supportent le dôme.
Ces peintures d'un ton rude, entourées d'un encadrement doré, tranchent trop brusquement sur la teinte
cendrée du reste de l'édifice.

Malgré ses défauts, le Panthéon est un monument
de l'art moderne fort remarquable. Le plan en croix
grecque suffit pour constater à jamais sa destination
religieuse. Il serait à désirer, qu'on pût transporter au
fronton d'un édifice purement civil celui du Panthéon
actuel et donner ailleurs une sépulture à Voltaire et à
Rousseau, dont les cendres reposent encore dans les
caveaux de cette église maintenant rendue au culte.

Je viens d'étudier une église changée pendant quelque temps en monument profane. Voici un monument qui, dans sa destination primitive, devait être un
temple de la gloire, et qui est devenu une église. C'est
la Madeleine. Le Panthéon, malgré ses nombreux emprunts à l'art grec, est cependant une œuvre du style
moderne. Sa coupole centrale, son plan de croix grecque, sa distribution intérieure lui ôtent toute ressem-
blance avec un temple grec. Il n'en est pas de même
de la Madeleine. C'est un véritable temple grec d'ordre corinthien. Elevé sur de plus vastes proportions
que ne le furent d'ordinaire les temples anciens, celui-
ci, malgré sa masse, ne commande pas l'admiration,

comme le fait par exemple le Parthénon d'Athènes.
On se demande toujours comment avec ces grandes
proportions on a obtenu un effet assez ordinaire. J'ai
pu m'en rendre compte par une étude sérieuse de ce
vaste monument. Dans le climat de la Grèce et dans
les pays chauds, grâce à une plus grande transparence
de l'air, les monuments mieux éclairés retirent de la
lumière ambiante, une teinte spéciale qui les colore
à tout moment et présente à l'œil toutes les parties
admirablement harmoniques entre elles. Il n'en est pas
de même sous le ciel de Paris. Aussi, comme premier
effet disgracieux de cette différence de lumière ambiante, toute la masse qui forme l'entablement continu
paraît lourde et écrase les colonnes qui dès lors se
trouvent trop grêles, malgré la proportion que les architectes n'auront pas manqué de leur donner. Ensuite
ces colonnes composées de petits tambours de moyenne
épaisseur font aux yeux un papillotage désagréable,
en raison de leurs joints coupés à angle droit par les
sillons des cannelures. Les anciens n'employaient jamais de si minces matériaux. Ce qui nuit le plus à la
beauté de ce monument, c'est la médiocrité de ce que
j'appellerai la sculpture hiératique. Son immense entablement, à l'exemple du Parthénon, devait être couverte de sculptures symboliques, où tout le génie des
sculpteurs contemporains fut venu dépenser sa puissance, soit sur la pierre statuaire la plus fine, soit sur

le marbre même. Jusqu'au moyen-âge, nulle architecture religieuse n'a manqué à cette condition de produire un grand effet aux regards. La pierre sculptée,
les bas-reliefs, étendant ses pages mystérieuses partout où l'art peut les écrire sans nuire à la simplicité
de l'ensemble, donne aux monuments religieux un
charme incontestable. On s'arrête aujourd'hui devant
une humble église de village, bâtie au XIIe siècle,
parce que ses pierres symboliques offrent toujours
quelque pensée religieuse. Un monument chrétien doit
être un poëme. A part son fronton, l'église de la Madeleine est d'une pauvreté désespérante. Au lieu des
frises du Panthéon, l'œil voit avec chagrin une série
monotone de têtes d'anges et de guirlandes.

Ce fronton lui-même a le défaut d'une poésie pré-
tentieuse. Dans les frontons grecs, les personnages
posent en quelque sorte placidement et semblent presque des statues disposées avec goût sous le toit angu-
laire du fronton. Ici l'art moderne a affecté d'entasser
les personnages, et dans l'espérance de leur donner plus
de grandeur a fait souvent porter les têtes sur les mou-
lures de la corniche. Certes ce n'est pas là imiter sagement
l'antique. Puis quelle pauvre idée, que de percer de
niches carrées ornées de statues le mur extérieur du
temple?

L'édifice porté sur un stylobate continu d'une grande
hauteur, ne gagne rien à cette disposition calculée ce-

pendant pour lui donner un aspect plus imposant. Les temples de Pæstum comme le Parthénon, portent simplement sur trois forts degrés qui les entourent de toute part. Leurs colonnes n'ont pas même de bases : les dimensions de ces temples sont singulièrement restreintes et malgré ces désavantages apparents, ces temples apparaissent avec une imposante grandeur. C'est le problème que malheureusement la Madeleine n'a pas résolu.

Je ne dirai rien de l'intérieur de la Madeleine. C'est du marbre ; ce sont des dorures. Rien de simple, donc rien de grand Il eût été facile d'adopter pour un quadrilatère de la forme de la Madeleine, une série de coupoles décorées de mosaïques comme celles de Saint-Marc de Venise. C'eut été une alliance heureuse de l'art byzantin avec l'art grec antique. Les grands arcs doubleaux qui auraient supporté les coupoles eussent présenté de vastes enfoncements pour autant de chapelles latérales. On voit à la Madeleine, tout l'embarras des architectes pour faire de ce monument une église catholique.

Malgré les efforts de l'art moderne depuis la renaissence, il n'y a pas à Paris de grands monuments religieux qui s'offrent à l'admiration avec le cachet d'une beauté incontestable. Les imitations des basiliques de Rome qui ont été faites à Saint-Vincent-de-Paul et à Notre-Dame-de-Lorette, ont produit des monuments

d'une incroyable médiocrité. Rome a encore gardé le
secret de ses nobles et gracieux édifices. La nouvelle
basilique de Saint-Paul, hors des murs, continue les
belles traditions de l'antique. Tant pis pour nous, si
nous ne savons pas au moins copier ces monuments!
– Quant à l'église gothique de Sainte-Clotilde, récemment bâtie sur le modèle des églises du xive siècle, je
persiste à n'y voir qu'une assez mauvaise copie. La
partie capitale du monument, c'est-à-dire les deux
flèches, est entièrement manquée. On a voulu faire du
léger; on a obtenu du maussade.

Puis le clergé est venu dire avec raison : quand nous
voulons une église, nous voulons qu'elle réponde à tous
les besoins du culte catholique; qu'elle ait autour d'elle
de vastes chapelles pour les catéchismes, des salles
pour les assemblées de charité, des sacristies pour le
clergé, pour les chantres. Voilà ce que dit le clergé et
il a raison. Les monuments doivent s'adapter au culte
et non pas le culte souffrir de la gène imposée par les
monuments. C'est donc un problème encore à résoudre
que celui de la construction de nos églises. Je suis
convaincu, que l'étude des basiliques anciennes aiderait
puissamment à combiner cette architecture nouvelle,
destinée à satisfaire les besoins du culte, et les exigences légitimes de l'art.

CHAPITRE XV.

Les palais de Paris.

Avant de me rendre aux palais splendides construits
par nos rois depuis le xvie siècle, je devais une visite
au palais de la Cité, devenu le Palais-de-Justice, et qui
servit de résidence aux rois des trois dynasties, jusqu'à François Ier. Ce qui se montre de cet antique palais, en quittant la rive droite de la Seine, est d'abord
une tour carrée assez élégante appelée la tour de l'Horloge, que malheureusement l'on ne s'est pas contenté
de restaurer, mais qui a été entièrement reconstruite.
Puis les deux tours de la Conciergerie qu'on appelle la
tour de Montgomery et la tour du Grand-César. Plus
loin j'aperçois la gracieuse Sainte-Chapelle, qui fut la
chapelle de ce palais. Dans cet espace assez étroit occupé aujourd'hui par les salles du Palais-de-Justice
et pour la Conciergerie s'élevait le palais des rois en
grande partie reconstruit par saint Louis.

Déjà sous la domination romaine, il y avait à cette
place un château qui devait être une forteresse inté-

rieure, pendant que la villa des Thermes était le vaste
palais que les gouverneurs romains occupaient en dehors de l'enceinte de Lutèce. Ils faisaient de ce château leur prétoire, et l'on peut dire que la justice, depuis l'usurpation romaine, s'est toujours rendue là. On
sait que la salle actuelle des Pas-Perdus a remplacé
une salle magnifique destinée par saint Louis aux ac-
tés solennels et aux fêtes de la cour. Il ne reste du
temps de ce saint roi que la Sainte-Chapelle, la tour
reconstruite de l'Horloge, les deux tours voisines, une
partie de la galerie et des cuisines, appelées encore
les *Cuisines de saint Louis*. Tout le reste est moderne.
On a maladroitement enlacé la Sainte-Chapelle dans
un corps de bâtiment destiné à régulariser la grande
cour appelée *Cour d'honneur*. C'est une belle chose que
la régularité, mais il ne faut pas l'obtenir dans un palais composé de parties antiques et modernes, aux dé-
pens de la raison et du goût. N'est-ce pas une honte,
que cette merveilleuse Sainte-Chapelle soit ainsi mas-
quée, comme si les pauvres architectes, qui au XVIIIe
siècle ont élevé le corps principal du Palais-de-Justice
avec les deux avants-corps, eussent rougi de l'œuvre
de Pierre de Montereau? On a reconstruit les bâtiments des deux côtés de la tour de l'Horloge du style
du XIVe siècle.

Les deux vieilles tours de Montgomery et de César
défendent la porte d'entrée de la Conciergerie. Elles

rappellent les plus lugubres souvenirs. Elles ont servi
de prison à Marie-Antoinette avant qu'elle fut conduite
à l'échafaud. Danton, Hébert, Chumette et Robes-
pierre ont occupé le même cachot que la reine. On
répare en ce moment le quai de l'Horloge, et cette
partie de la Conciergerie. Des travaux considérables
vont aussi changer toute la partie de la Cité, où se trouvait la Préfecture de police qui a été démolie. Il n'y
aura plus là que des souvenirs.

J'ai hâte d'aller étudier le Louvre et les Tuileries. Je ne
dirai rien du vieux Louvre ; il n'en subsiste pas une
pierre ; il appartenait donc à l'archéologie. Cette ancienne forteresse existait déjà en 1204 lorsque Philippe-Auguste fit élever la grosse tour, si célèbre dans
l'histoire de France. Charles V transforma le monument féodal en palais. Il y ajouta des tours nouvelles.

Quand Charles-Quint traversa la France, il reçut de
François Ier une hospitalité splendide dans ce vieux
palais croulant et depuis longtemps inhabité. Les travaux d'appropriation faits à la hâte pour cette récep-
tion, donnèrent à François Ier la pensée de reconstruire
le Louvre. Ce fut Pierre Lescot qui fut l'architecte du
nouveau monument. Les démolitions de la forteresse
commencèrent en 1541 et les fondations de Philippe-Auguste servirent au palais de Pierre Lescot. On a con-
jecturé que le plan primitif devait avoir moins d'éten-

due que le Louvre actuel. On suppose qu'il n'eut pas
dépassé le périmètre de l'ancien, c'est-à-dire qu'il eut
occupé à peu près le quart de la cour actuelle. Pour
bien comprendre la série des travaux du Louvre ; j'ai
pris pour point de départ le grand pavillon central appelé pavillon de l'Horloge. L'œuvre de Pierre Lescot, sans contredit la plus intéressante au point de
vue de l'art, commence à ce pavillon qui fut élevé
beaucoup plus tard. C'est la façade qui se dirige vers
la Seine, et fait avec le fleuve un angle droit : elle
retourne ensuite et occupe un espace de même grandeur jusqu'au guichet central qui conduit au Pont-des-
Arts. C'est la partie du Louvre la plus splendide et
qu'on n'admirera jamais assez. On peut la regarder
comme la plus haute expression de l'art français. Ici
l'architecture est vierge de toute influence étrangère.
Rien de pareil ne se trouve dans les plus beaux monuments de la renaissance en Italie. Ajoutons que chez
nous jamais aucune autre œuvre n'a égalé celle-ci.
C'est pour l'art français ce que le Parthénon est à l'art
grec.

De la partie du Louvre construite sous François Ier
et Henri II par Pierre Lescot, j'arrive à celle qui date
du temps de Catherine de Médicis. Elle forme un bâtiment de style assez sévère qui s'avance jusque sur le
quai et dont le premier étage, de construction postérieure, forme la magnifique salle connue sous le nom de

Galerie d'Apollon. L'architecte de ce bâtiment qui fait
retour sur le quai et s'avance encore vers les Tuileries,
portait le nom assez obscur de Chambiche.

Jusqu'au règne de Henri IV il ne fut fait aucun travail au Louvre. Ce prince se proposa de relier le Louvre
aux Tuileries au moyen d'une galerie qui longe le
quai. Alors l'enceinte de Paris coupait la place du Carrousel, et les Tuileries étaient un palais élevé au dehors. Remarquons qu'à cette époque les Tuileries n'a-
vaient pas l'étendue que nous leur voyons aujourd'hui.
Pour qu'il y eut harmonie dans son travail, Ducerceau,
l'architecte de Henri IV fut obligé d'agrandir les Tuileries. Il éleva le vaste pavillon de Flore, qui commande la Seine et le relia par un corps de logis au dernier des pavillons de Philibert Delorme. Sa galerie de
jonction partit alors de ce point et s'avança vers le Louvre. Il est facile de reconnaître l'œuvre de Ducerceau à
ces lourds et immenses pilastres corinthiens, qui décorent la galerie jusqu'au pavillon Lesdiguières, situé en
face du pont du Carrousel. Dupeyrac et Métézeau qui
succédèrent à Ducerceau, construisirent la magnifique
galerie depuis le guichet Lesdiguières jusqu'à la partie du Louvre élevé par Catherine de Médicis.

Après l'œuvre de Pierre Lescot, cette galerie, que
l'on est convenu d'appeler le vieux Louvre, quoique
bien postérieure en date aux Tuileries, est le morceau
d'architecture le plus légitimement admiré. Si l'ordon-

nance générale est simple, l'exécution est d'une incroyable finesse et je ne crains pas de hasarder une exagération en disant qu'il y a là des bas-reliefs, qui ne le cèdent pas en valeur à ce que le ciseau antique a produit de plus délicat.

Henri IV, avant sa mort, vit se terminer cette œuvre si remarquable. On éleva le premier étage qui forme la galerie d'Apollon et depuis le pavillon de Flore, jusqu'au Louvre de Pierre Lescot, tout se trouva terminé dans le même état, à peu près, que nous le voyons aujourd'hui.

Richelieu fit continuer le Louvre. Lemercier, son architecte, eut le bon goût de conserver les deux corps de logis élevés par Pierre Lescot. Il construisit le pavillon de l'Horloge et continua à avancer les grands corps de logis sur le plan de Pierre Lescot lui-même.

Louis Levau fut chargé par Louis XIV, de continuer les travaux du Louvre interrompus pendant la régence d'Anne d'Autriche. On lui doit la façade qui borde la rivière en face du Pont-des-Arts. Jusqu'alors la tour de Charles V avait subsisté, encore sur le bord de l'eau, à peu près au point où se trouve le Pont-des-Arts. Levau avait jeté les fondements de la façade de l'Est, qui donne sur l'église de Saint-Germain-l'Auxerrois, lorsque Colbert parvint à persuader au roi que le projet de Levau manquait de magnificence. On arrêta le travail commencé et l'on établit un concours. Les pro-

jets furent nombreux et parmi eux celui de la colonnade actuelle, dont le médecin Claude Perrault était
l'auteur. On sait le mot malicieux de Boileau sur
Claude Perrault « d'ignorant médecin devenu bon architecte. » Le roi et Colbert hésitaient entre les différents plans. Ils se décidèrent à faire venir de Rome
le Bernin, qui avait une grande réputation. Ses plans
furent adoptés et il se mit à l'œuvre. Mais Claude Perrault, auteur anonyme du plan de la colonnade, avait
un frère, Charles Perrault, qui était le commis de Colbert et qui jouissait de toute sa confiance. Il fit tout
auprès du ministre pour susciter des ennuis au Bernin.
Celui-ci perdit patience, et devinant peut-être l'oppo-
sition du ministre, repartit pour l'Italie.

Le projet de Claude Perrault fut alors adopté.

Arrêtons-nous devant l'œuvre du médecin architecte.
Si elle n'est pas sans défaut, aux yeux d'un critique un
peu sévère, elle porte le cachet d'une imposante
grandeur. Le plan d'une pareille façade dut sé-.
duire Louis XIV. S'il est vrai que l'architecture de
chaque siècle soit l'expression la plus saisissante de
l'époque elle-même, on peut dire que la majestueuse
colonnade de Perrault symbolise tout le xvııe siècle. Un
palais de roi qui se présente avec une pareille façade veut
dire Louis XIV, Bossuet, Lafontaine, Racine. Il y a là
le double caractère de la grandeur imposante et de la
grâce qui attire. Les colonnes accouplées sont d'une

grande légèreté, et l'ordre tout entier se développe avec les plus belles proportions. Toutefois, pareille au paon qui déploie sa queue superbe sur des pieds disgracieux et maigres, la colonnade est portée sur un stylobate continu percé de fenêtres du plus mauvais goût, et choquant le regard par sa nudité.

On est bien plus choqué encore, lorsque pénétrant dans la cour intérieure, on s'aperçoit que l'immense colonnade corinthienne donne accès à un palais construit dans un style tout différent, et sur lequel elle produit l'effet d'un placage. Toute illusion est alors détruite et ce magnifique Louvre de Pierre Lescot et de Lemercier, d'une élégance si exquise, semble honteux d'être accolé à une architecture, dont il repousse les prétentions.

Malgré les éléments divers dont se compose le Louvre et l'incohérence des parties entre elles, il n'en forme pas moins par la richesse de chacune de ces parties, un tout magnifique et imposant. Si le Louvre féodal avait son cachet grandiose, le Louvre de l'art moderne peut le disputer en richesse architecturale avec tous les palais élevés en Europe depuis trois siècles.

Parmi les salles historiques du Louvre, j'ai surtout visité avec le plus vif intérêt celle qui s'étend depuis le pavillon de l'Horloge jusqu'à l'angle sud-ouest. Elle forme le rez-de-chaussée du bâtiment de Pierre Les-

cot. C'est la salle fameuse ou Catherine de Médicis tenait sa cour. Quelques-uns des Seize y furent pendus
par ordre du duc de Mayenne. Cette salle, connue sous
le nom de salle des Cariatides, et un escalier à côté, dont
le plafond est en pierres de tailles richement sculptées,
sont tout ce qui reste des constructions intérieures de
Pierre Lescot. Charles IX, Henri III, Henri IV ont
connu et habité cette salle, telle à peu près que nous
la voyons aujourd'hui.

L'ordonnance en est d'un goût admirable, ce sont
des voûtes surbaissées supportées par des groupes de
quatre colonnes. De riches bordures sculptées par l'illustre Jean Goujon, partagent les travées. L'entrée de
la salle est décorée par une tribune que supportent
quatre Cariatides. C'est le chef-d'œuvre de Jean Goujon, et l'objet perpétuel de l'admiration des visiteurs
du Louvre. Un grand bas-relief en bronze situé au-
dessus de la tribune est de Benvenuto Cellini. Les
panneaux de la porte située au-dessous sont en bronze
ciselé par André Riccio.

Dans les plus beaux palais de Rome et de Florence,
on trouve peu de salles, qui luttent en noble magnificence avec cette salle, dont le caractère spécial est la
richesse jointe à la sévérité. On sait que les quatre Cariatides de Jean Goujon rivalisent de beauté avec l'antique.

Après la salle des Cariatides, ce qui est décoré au

Louvre avec le goût le plus pur, est la galerie d'Apol-
·lon. Elle occupe l'étage élevé par Henri IV, qui part du
Louvre et va joindre le quai. Elle a été décorée sous
Louis XIV et c'est Lebrun qui a fourni les dessins de
toutes les compositions peintes sur les voûtes, de tous
les groupes de sculpture qui ornent les voussures des
bas-reliefs d'ornementation suspendus aux plafonds,
et des arabesques, qui décorent les panneaux et les
portes. Il n'y a rien, même à Versailles, qui puisse être
comparé à cette salle pour la splendeur. Elle avait été
négligé e jusque dans ces derniers temps : elle vient
d'être restaurée avec goût.

Parmi les salles du Louvre, devenues aujourd'hui un
musée, je dois noter les salons appelés appartement
de Henri IV et salon de Henri II. Ils occupent le premier étage du Louvre du côté de la colonnade. Les
lambris, les plafonds, les portes en bois sculpté qui
décorent ces salons, ont été tirés d'une autre partie du
Louvre construite par Pierre Lescot et se voyaient auparavant dans la salle dite des *Sept Cheminées*. Les
belles boiseries nous donnent une idée, du goût et de
la richesse de l'ornementation adoptés par Pierre Lescot dans les appartements du premier étage du
Louvre.

Je reviendrai au Louvre pour étudier ses riches musées. Je l'ai étudié seulement comme œuvre monumentale.

Les Tuileries réunies aujourd'hui au Louvre ne font plus avec lui qu'un seul palais, le plus vaste probablement que possède aucune grande ville du monde. Elles eurent pourtant une origine bien modeste. Il s'agissait d'abord, d'un tout petit château de plaisance hors de l'enceinte de Paris; le célèbre Philibert Delorme en entreprit la construction l'année 1564. Il éleva au centre un pavillon d'une élégance exquise, dont malheureusement nous n'avons conservé que le rez-de-chaussée. Le pavillon se composait d'un rez-de-chaussée, d'un premier étage et d'un attique circulaire supportant une coupole terminée par une lanterne, sur chaque angle, laissé vide par la courbure de l'attique s'élevait un campanile orné de sculptures. L'entablement du premier étage était orné d'une frise élégamment sculptée. Sous Henri IV, Ducerceau reconstruisit ce pavillon tel que nous le voyons aujourd'hui, en ne conservant que le rez-de-chaussée. Il faut reconnaître que le dôme quadrangulaire, qui a remplacé la coupole de Philibert Delorme, manque absolument de grâce, tout en visant à la grandeur.

A droite et à gauche du pavillon, Philibert Delorme avait placé deux portiques couverts de terrasses du côté du jardin et portant un étage du côté de la cour.

L'architecte Bullant éleva deux pavillons, qui ne manquent pas d'élégance, à l'extrémité de ces galeries.

5

Telles étaient les Tuileries sous Catherine de Médicis.

Ducerceau et Louis Levau son continuateur, agrandirent démesurément les Tuileries. Aux deux pavillons d'angle dont le style est gracieux et se mariait agréablement à l'œuvre de Philibert Delorme, ils ajoutèrent deux grands corps de logis terminés par les deux immenses pavillons de Marsan et de Flore, qui font angle aujourd'hui sur la rue de Rivoli et sur le quai. Ducerceau eut le mauvais goût de substituer à la décoration délicate et légère des premières constructions, une ordonnance de pilastres corinthiens, qui, par ses proportions colossales, contraste désagréablement avec le reste de l'édifice.

Sous Louis-Philippe l'une des deux terrasses de Philibert Delorme, donnant sur le jardin, fut exhaussée à la hauteur de la façade de la cour intérieure, et récemment l'autre terrasse a reçu le même agrandissement.

Il est résulté, de ces travaux successifs, une œuvre hybride que l'art a le droit de critiquer avec une juste sévérité. Leur ensemble, toutefois, ne manque pas de grandeur. Les immenses pavillons de Marsan et de Flore dont l'ornementation manque de grâce et font tant regretter le style des premières Tuileries, s'élèvent aux deux extrémités de cette longue série de corps de logis et de pavillons, comme une grande image de la royauté qui depuis les luttes du xvie siècle, avait atteint son apogée.

On se tromperait, cependant, si l'on pensait que les Tuileries ont été depuis leur construction sous Catherine de Médicis, la demeure habituelle de nos rois. Cette princesse et ses fils n'habitèrent jamais les Tuileries. Henri IV n'y fit qu'un séjour de bien courte durée. Louis XIII, lorsqu'il était à Paris, résidait au Louvre, et Louis XIV, qui avait fixé sa cour à Versailles, ne se servit des Tuileries que comme d'un pied à terre. Louis XV suivit l'exemple de son aïeul et Louis XVI n'habita les Tuileries qu'à partir du 5 octobre 1789.

Bonaparte premier consul y entra le 1er février 1800 et depuis lors les différents gouvernements qui se sont succédé en ont fait le palais des chefs de l'Etat. Les souvenirs qui s'y rattachent sont donc ceux de Napoléon, de Louis XVIII, de Charles X, de Louis-Philippe et de Napoléon III. Elles virent la journée terrible du 10 *août*, qui fut la déchéance de Louis XVI. La Convention y tint ses séances depuis le 10 mai 1793 jusqu'en 1796. En 1848, elles furent livrées au pillage du peuple par la garde nationale effrayée. La salle du Trône fut saccagée ; mais, dans la salle des maréchaux, un seul portrait, celui du maréchal Bugeaud, subit quelques mutilations.

L'achèvement du Louvre fut décrété par l'Assemblée nationale. Les travaux de démolition des quar-

tiers qu'il fallait abattre pour déblayer le terrain furent commencés en 1848, et continués avec activité
jusqu'en 1850. Le plan de M. Visconti, auquel succéda
M. Lefuel, fut alors adopté pour cette gigantesque
construction. Jamais monument d'une telle importance
n'avait été élevé avec une pareille rapidité. Tout est
terminé maintenant, et l'œil étonné contemple, de la
place du Carrousel, l'ensemble le plus étonnant de palais que l'imagination puisse concevoir.

Il faut rendre justice aux intentions de M. Visconti.
Il s'est inspiré des morceaux les plus remarquables de
Pierre Lescot et de Philibert Delorme ; mais il n'a pas
su être simple et sévère comme eux : il a trop donné
à l'ornementation. Quand les pavillons furent découverts,
ce défaut parut si choquant, qu'il fallut abattre un peu
cette exubérance de décoration. Le problème à résoudre
était de marier sans un contraste trop choquant la façade du couchant du Louvre avec les Tuileries. Quand
l'œuvre de Visconti a été terminée, il a fallu récon-
struire cette façade du même style que l'œuvre nouvelle. Maintenant encore, les contrastes continuent, et
il faudrait abattre les galeries de Ducerceau, si disparates par leur style de tout le reste des constructions,
soit anciennes, soit récentes. On peut donc dire que
Visconti a mal résolu le problème.

C'était une heureuse occasion de reprendre l'art
français, tel que l'avait compris Pierre Lescot, en lui

donnant un nouveau cachet de noblesse et de sévérité.
On s'est trop hâté dans cette construction : la partie
si importante de la sculpture laisse beaucoup à désirer. Nous devions attendre de l'art moderne des chefs-
d'œuvre que nous indiquerions aujourd'hui avec orgueil à l'étranger, comme les sculptures de Jean Goujon
et les gracieux bas-reliefs de la galerie du bord de
l'eau. Nous sommes forcés de dire : voilà notre nouveau
Louvre ; c'est splendide d'ornementation, mais c'est
médiocre de sculpture : on devait mieux faire.

Je ne dois pas refuser mon hommage au jardin grandiose planté par Lenôtre. Le grand massif des maronniers est d'un admirable effet. Quand on regarde les
Tuileries de la place de la Concorde, les vastes bassins
d'eau, la longueur des allées, la sévérité de distribution du parterre laissant le palais se détacher majes-
tueusement, tout cela constitue un merveilleux ensemble. J'ai le regret d'ajouter que cette œuvre de
Lenôtre vient d'être défigurée, en 1858, pour construire un jardin réservé. Ce n'était pas un jardin à
l'anglaise qui pouvait convenir en face de cette longue
file de bâtiments dont se composent les Tuileries. Tout
ce qui pourra être planté de massifs de verdure sera
mesquin devant cette forêt royale de maronniers dressant leurs têtes séculaires. Une longue et belle grille,
qui eût pris sur le parterre l'espace nécessaire pour
un jardin réservé, convenait seule. Il faut reconnaître.

que tout ce qui a été exécuté est du plus mauvais
goût. On peut en appeler à l'architecte mieux inspiré.
Il y a quelques années, le même architecte, sans doute,
a eu la coupable pensée de soumettre au grattage les
statues du jardin des Tuileries. C'est là un procédé
barbare : tout au plus, faut-il lessiver légèrement les
parties corrodées par les lichens.

Je me transporte des Tuileries au Palais-Royal. Ce
palais occupe l'emplacement de l'hôtel de Rambouillet
et de l'hôtel d'Armagnac. Le cardinal de Richelieu
acheta cet emplacement en 1624, et y fit construire
une maison qui porta le nom d'hôtel de Richelieu. Cinq
ans plus tard, il la fit démolir pour la remplacer par
une demeure plus magnifique. Ce fut Lemercier qui
en fit les plans et en surveilla l'exécution. Comme le
terrain joignait les anciens murs de la ville, du côté du
nord, on le nivela, et, en peu de temps, le nouveau
palais se montra aux regards des Parisiens émerveil-
lés. On rapporte que dans la galerie des hommes illustres, dont Philippe de Champagne avait peint la
voûte, le peu modeste cardinal s'était mis au rang des
grands hommes, en y joignant, bien entendu, son sou-
verain Louis XIII, au nom duquel il gouvernait. Les
hommes illustres de Richelieu, lui compris, étaient au
nombre de vingt-cinq. Cette galerie a été détruite plus
tard, ainsi qu'une chapelle d'un luxe extraordinaire et

un grand théâtre qui pouvait contenir jusqu'à trois mille spectateurs.

Richelieu, après les splendeurs de ce qu'on peut appeler son règne, vint mourir dans ce palais, au retour d'un voyage qu'il avait fait dans le midi. Il n'avait joui que six ans de cette construction magnifique où il tenait sa cour à l'égal d'un roi. Avant de mourir, il légua à Louis XIII la propriété de l'hôtel de Richelieu, sa chapelle de diamants, son grand buffet d'argent ciselé et son grand diamant. Cet héritage ne porta pas bonheur au roi, qui suivit son ministre cinq mois après.

L'année suivante, Anne d'Autriche vint prendre possession du Palais-Cardinal avec ses deux enfants, Louis XIV, alors âgé de cinq ans, et Philippe, duc d'Orléans. La chambre même de Richelieu devint celle du jeune roi, et la galerie des grands hommes fut démolie pour former les appartements de son frère. La régente, au grand désespoir de la famille de Richelieu, fit remplacer, au-dessus de la porte, l'inscription que le cardinal y avait fait mettre, par ce mot : *Palais-Royal*. Les Richelieu firent si bien, qu'ils obtinrent qu'on rétablît l'ancienne inscription ; mais déjà le nouveau nom était passé en usage, et, depuis cette époque, le palais de Richelieu s'est appelé le Palais-Royal.

Ce palais, inauguré sous la régence d'Anne d'Autriche par de magnifiques fêtes, surtout par celle qu'on donna à Marie de Gonzague, devenue reine de Pologne, a vu l'époque si troublée de la Fronde. Il fut assiégé plusieurs fois par le peuple, et, le 10 février 1671, le bruit s'étant répandu que la reine qui, déjà une première fois, avait quitté furtivement Paris avec ses enfants, méditait une seconde fuite, le peuple accourut demandant à grands cris qu'on lui montrât le roi. La régente eut la présence d'esprit de commander qu'on ouvrît toutes les portes et qu'on menât les plus ardents à la chambre du roi. On avait ouvert les rideaux du lit du jeune prince, et, à cette vue, toute leur fureur s'était calmée.

Cependant Louis XIV quitta Paris et n'y revint qu'en 1652, rappelé par les frondeurs eux-mêmes. Ce fut le cardinal de Retz, le roi de la Fronde, qui alla chercher le roi à Compiègne avec tous les curés de son diocèse. Mais Louis XIV ne retourna pas au Palais-Royal. Il alla au Louvre où, le jour même de son entrée à Paris, le Parlement et la noblesse lui offraient leurs hommages.

Le Palais-Royal fut donné par Louis XIV au duc d'Orléans, son frère, en 1672. C'est là que mourut la célèbre Henriette d'Angleterre, devenue duchesse d'Orléans, que Bossuet a immortalisée par l'une de ses plus belles oraisons funèbres.

A la cour polie et élégante de la duchesse d'Orléans, enlevée ainsi à la fleur de l'âge, succéda la cour licencieuse du régent. Pendant la minorité de Louis XV, le Palais-Royal vit les scènes les plus scandaleuses. La plume refuse de reproduire les excès d'abaissement où tomba ce prince qui, avec de brillantes qualités, n'a laissé qu'un nom méprisable.

Son arrière petit-fils, Louis-Philippe-Joseph (Philippe-Égalité), construisit les immenses bâtiments dont le jardin du Palais-Royal est entouré, et les livra aussitôt à l'industrie. Il fit de son palais un bazar, mais le plus splendide bazar qui soit au monde. Ce ne fut pas sans des réclamations et un procès qu'il eut à soutenir contre les habitants des rues voisines, qui se trouvèrent ainsi privés de la vue des jardins et ensevelis dans des rues obscures. Le prince était dans son droit. Ce même prince fit bâtir le théâtre occupé aujourd'hui par la Comédie-Française, et dont la façade donne sur la rue de Richelieu.

Ce fut du Palais-Royal que partit, le 12 juillet 1789, le signal de l'insurrection qui marcha contre la Bastille. Camille Desmoulins, monté sur une table au milieu de la foule, harangua la multitude en lui disant que M. Necker était renvoyé du ministère, que c'était le signal d'une Saint-Barthélemy des patriotes, et qu'il fallait prendre les armes pour se défendre. On prit une cocarde tricolore pour se reconnaître. La révolution commençait son drame terrible.

Le duc d'Orléans, qui avait joué son rôle dans cette révolution, en fut l'une des victimes. Il fut condamné

5

à mourir sur l'échafaud le 6 novembre 1793. L'escorte qui le conduisait à la place de la Révolution passa devant le Palais-Royal ; on arrêta quelques instants la fatale charrette, pour qu'il pût contempler une dernière fois le palais splendide de ses pères et mesurer de quelle hauteur il était tombé.

Ses créanciers s'emparèrent du Palais-Royal et le mirent en vente. Il fut envahi par des restaurateurs et des maisons de jeu, et ses galeries devinrent longtemps un des lieux mal famés de la capitale. Lucien Bonaparte l'habita pendant les Cent-Jours ; puis il rentra dans la famille d'Orléans, qui racheta ce qui avait été aliéné. On répara le désordre qui avait changé la destinée de la maison princière ; les galeries, livrées à l'industrie honnête, redevinrent le beau bazar que les étrangers visitent avec tant d'intérêt. On construisit la belle galerie vitrée qui remplaça une ignoble galerie de bois où se tenait une véritable foire de village.

— Telle fut la destinée du Palais-Royal jusqu'à la révolution de 1848, qui chassa la famille d'Orléans. Sous le second Empire, le prince Jérôme habite ce palais dont l'histoire semble tenir du romanesque, tant il a vu passer de diverses fortunes !

On aime l'ordonnance extérieure, simple et riche à la fois du Palais-Royal. Même aujourd'hui, en face de l'architecture somptueuse du nouveau Louvre, l'œil se repose avec plaisir sur ces lignes pures, sur cette or-

nementation sobre qui annonce le bon goût et la grandeur du siècle où il fut élevé.

Pour continuer mes études sur les palais de Paris,
je dois me rendre au Luxembourg, qui l'emporte en
magnificence architecturale sur le palais de Richelieu.

Le Luxembourg s'élève à la place de l'ancien hôtel
du duc de Piney-Luxembourg, qui était entouré de
vastes jardins. Placé à la naissance de la montagne
Sainte-Geneviève, son terrain est légèrement accidenté,
et son beau jardin gagne beaucoup à cette disposition
naturelle. La reine Marie de Médicis acheta, en 1612,
le terrain de l'hôtel, et fit jeter les fondements du palais en 1605. C'est l'œuvre de l'architecte Desbrosses,
et l'une des plus estimées des grandes constructions
du XVIIe siècle.

On a prétendu que le Luxembourg était une imita-
tion du palais Pitti, de Florence. Marie de Médicis avait
dit, en effet, à Jacques Desbrosses de s'inspirer du palais où elle avait passé sa jeunesse ; mais il n'y a rien
au Luxembourg qui rappelle la masse du palais Pitti,
distingué seulement par une longue et sévère façade
dont la base robuste étale ses pierres à facettes de diamant. L'œuvre de Desbrosses est certainement dans le
style des édifices français de son temps, soit pour le
plan général, soit pour l'ornementation. L'architecte
français, en adoptant un ordre sévère, a eu le talent
de créer une œuvre noble et originale. Marie de Médi-

cis a dû s'y tromper et penser encore, dans la cour ou-
verte du Luxembourg, à cette cour du palais Pitti,
éclairée toutefois par un plus beau soleil. Comme architecture, le travail de Desbrosses est certainement
supérieur à celui de l'artiste florentin.

Il faut se hâter de dire qu'une addition maladroite
faite sous le règne de Louis-Philippe, tout en augmen-
tant le palais du côté du jardin, a alourdi l'édifice et
lui a ôté cette grâce qui est le cachet spécial des œuvres de la belle époque de l'art français.

Marie de Médicis, qui avait construit le Luxembourg,
l'habita quelques années. On l'appelait alors le Palais-
Médicis, quoiqu'on ait toujours continué de lui donner
son nom primitif. Elle le légua à Gaston d'Orléans, son
second fils, qui y passa une vie sans grandeur, au milieu des intrigues politiques. Après lui, le Luxembourg
appartint à la célèbre Mademoiselle, l'héroïne de la
Fronde, qui finit par épouser M. de Lauzun. Plus
tard, la duchesse de Berry, fille du régent, y porta les
désordres qui marquaient l'existence de son père. Au
moment de la révolution, le Luxembourg était de l'a-
panage du comte de Provence, frère de Louis XVI, et
devenu depuis Louis XVIII.

Pendant la révolution, le Luxembourg fut changé
en prison. Joséphine Beauharnais, la future impéra-
trice y fut détenue. David, prisonnier, y esquissa son
tableau de l'*Enlèvement des Sabines*. Plus tard, il de-

vint le palais du Directoire et du Consulat. Sous l'Empire, il devint le palais du Sénat. Le maréchal Ney y fut condamné à mort en 1815 par la Cour des pairs, et, en 1830, les ministres de Charles X, responsables des ordonnances dont la faute était si cruellement expiée par la royauté, y subirent leur condamnation.

C'est encore le palais du Sénat sous le second Empire. Ses belles galeries contiennent le musée des tableaux des artistes vivants de l'école française.

Le jardin du Luxembourg jouit d'une grande réputation, par sa disposition à la fois originale et grandiose. Un beau bassin d'eau portant des cygnes, des terrasses élevées ornées de vases et de statues, de beaux arbustes de serre, orangers et lauriers-roses, des plates-bandes entretenues des plus belles fleurs, ses arbres en terre-plein d'une bonne végétation, attirent toute la population de la rive gauche de la Seine. La grande allée, terminée par le monument de l'Observatoire, est d'un bon effet et laisse le palais se détacher avec grandeur, quoiqu'il soit dans un enfoncement. Ce n'était pas une petite difficulté à vaincre pour l'architecte du Luxembourg, et l'on peut dire que Jacques Desbrosses l'a surmontée avec bonheur. Le palais n'est point écrasé par les terrains qui l'environnent, grâce aux combles élevés de ses pavillons.

Je ne veux pas me reprocher de n'avoir pas donné

un mot de souvenir au Petit-Luxembourg, qui touche au grand palais ; gracieuse construction de la fin du xvie siècle et du commencement du xviie, qui vient d'être restaurée. Un petit cloître intérieur vient d'être transformé en jardin d'hiver.

A côté des constructions princières, je puis placer l'Hôtel-de-Ville de Paris. Dans le principe, le corps des échevins ou magistrats municipaux de la ville n'était que la communauté des marchands. Philippe-Auguste lui accorda des priviléges et des armoiries. Le lieu des délibérations de ce Corps était appelé au moyen-âge le *Parlouër aux Bourgeois*. C'était une grande pièce où les bourgeois venaient traiter de leurs affaires et de celles de la communauté. Le premier parloir, ou maison commune, était situé près du Grand-Châtelet. Plus tard, on acheta sur la place de Grève une grande maison appelée la *Maison-des-Piliers*, parce que sa façade était soutenue par des piliers, ou *Maison-au-Dauphin*, parce que Guy, dernier dauphin du Viennois, qui l'avait reçue en don de Philippe de Valois, en était possesseur lorsqu'il la céda à la commune de Paris. Elle se distinguait peu des autres maisons bourgeoises du xive siècle, sinon par des tourelles aux angles. Cette maison reçut quelques réparations, et, en 1368, elle fut ornée de peintures par Jean de Blois.

En 1532, on forma le projet d'un nouvel édifice, et le prévôt des marchands, Pierre Nielle, en posa la première pierre le 15 juillet de l'année suivante. Il avait été conçu en style gothique du temps, et déjà les constructions atteignaient le second étage, lorsqu'on en suspendit l'exécution. Un nouveau plan, présenté en 1549 par Dominique de Cortone, fut agréé par Henri II. Les travaux s'exécutèrent avec tant de lenteur, que l'architecte lui-même ne vit pas la fin de son œuvre, et qu'elle ne fut réellement terminée qu'en 1605, sous le règne de Henri IV.

Pour comprendre la construction primitive de Dominique de Cortone, il ne faut considérer sur la façade de l'Hôtel-de-Ville, que le corps de bâtiment central et les deux pavillons à toits aigus qui le terminent. C'est là l'œuvre du XVIe siècle, œuvre délicate et originale, qui a son cachet comme tous les travaux des grands maîtres de la Renaissance. Le corps central se compose d'un rez-de-chaussée, d'un premier étage surmonté d'un toit aigu et d'un campanile élégant décoré à sa base d'un fronton orné de bas-reliefs, au milieu duquel est le cadran d'une horloge. La porte principale est un plein-cintre dont le tympan supporte une statue équestre de Henri IV en demi-relief. Entre chaque colonne, au premier étage, est une niche contenant une statue. Les deux pavillons ont un étage de plus que le corps principal ; ils sont percés de deux grandes portes en plein-cintre dont les tympans sont ornés de sculptures.

L'Hôtel-de-Ville, tel que Dominique de Cortone l'a compris avec son ornementation délicate, ne forme plus que la moindre partie du grand édifice, qui se développe aujourd'hui sur la place de Grève et sur le quai. Le monument nouveau a pris d'immenses proportions. Les architectes modernes ont eu la modestie de copier le monument antique qu'ils étaient chargés d'agrandir, et il faut reconnaître qu'ils ont réussi à produire une œuvre imposante. Je regrette qu'ils aient adopté pour les pavillons les toits tronqués à la place des toits aigus de la construction primitive. On dirait que nos architectes ont peur de s'élever trop haut quand ils tracent des combles.

La grande salle de l'Hôtel-de-Ville, celle qui a ses souvenirs historiques, occupe le premier étage et donne sur la place de Grève. C'est là qu'ont eu lieu presque toutes les assemblées populaires dans les troubles qui ont agité Paris depuis la Fronde jusqu'à nos jours. C'est là que siégeaient pendant la révolution les représentants de la commune de Paris. Le gouvernement provisoire s'y installa après les événements de 1848.

L'Hôtel-de-Ville, complètement terminé maintenant, renferme une série de salles décorées avec une richesse inouïe et une extrême magnificence. On estime que la longueur totale de ces salles mesure plus d'un kilomètre. La salle du Trône a de superbes cheminées sculptées par Biard et Bodin ; elle peut contenir 1,200

convives. Les fêtes que donne la ville de Paris dans ce
nouveau palais sont splendides. Tout ce que Paris contient de monde élégant se presse à ces solennités qui
rappellent les fêtes brillantes des rois les plus magnifiques de l'ancienne monarchie. C'est le Versailles du
monde parisien.

La rive gauche de la Seine présente, en face des
Champs-Élysées, une immense esplanade plantée d'arbres sur les deux côtés, et qui se termine par un édifice considérable que domine un magnifique dôme :
c'est l'hôtel des Invalides. Louis XIV le fit construire
pour y recevoir 7,000 vieux soldats. Le bâtiment et ses
dépendances n'occupent pas moins de 76,000 mètres
de superficie. Je m'arrête d'abord devant la façade qui
se développe sur une longueur de 200 mètres. Elle est
l'œuvre de l'architecte Bruant, ainsi que presque tous
les bâtiments de l'hôtel. Elle est percée de cent trente-
trois fenêtres et offre, par son étendue et la ligne droite
de ses combles, un contraste avec les autres palais de
Paris, où l'on a toujours cherché à briser, par des pavillons, l'uniformité des lignes architecturales. Quand
on a franchi la porte d'entrée, décorée d'une manière
assez bizarre par un immense fronton circulaire, sous
le tympan duquel Coustou jeune a sculpté un Louis XIV
à cheval, on se trouve dans une première cour carrée
appelée la Cour d'honneur. Elle est formée par deux
étages de portiques ouverts en arcade avec des avant-

corps au milieu de chaque face et dans les angles. On est frappé de la noble sévérité et de l'aspect imposant' de cet intérieur d'hôtel : c'est une espèce de cloître offert pour les promenades des vieux guerriers auxquels la patrie offre un asile digne d'elle. En face, se présente l'entrée de l'église, dont la nef est toute pavoisée de vieux drapeaux enlevés aux ennemis depuis les batailles de Louis XIV. Cette nef n'a rien de remarquable; mais elle se termine par le magnifique dôme, œuvre de Hardouin Mansard, l'architecte de Versailles, qui lui consacra près de trente ans. Il s'élève de 105 mètres au-dessus du sol; il a une porte d'entrée et une façade sur la place Vauban, ce qui semble constituer deux églises : l'une sous le dôme, l'autre intérieure, à l'usage des invalides. Ce qui rend le défaut plus choquant encore, c'est que l'arcade par laquelle le dôme est uni à la nef n'est plus en proportion avec la hauteur de ce dôme. Il en résulte qu'il faut être immédiatement sous le dôme pour s'apercevoir qu'il existe. Mansard n'avait pas prévu cet inconvénient, ou s'il l'avait pressenti, il tenait moins à l'ensemble de l'intérieur de l'église, qu'à l'effet majestueux du dôme extérieur. A ce point de vue, il ne s'est pas trompé; son ornementation, quoique chargée, ne manque pas d'harmonie et d'élégance. On voudrait à ce dôme plus de simplicité. La coupole en plomb, avec ses côtes jadis dorées encadrant des trophées, manque de sévérité et laisse deviner l'affectation. Les consoles renversées, qui s'élèvent au-dessus des piles d'appui que décorent des colonnes accouplées, surmontées de petits pinacles en fuseau tournés au tour, sentent trop la détestable influence de l'art italien qui gâta nos églises du XVIIe siècle.

Malgré ces défauts, le dôme des Invalides est encore le morceau d'architecture le plus complet en ce genre que présente le règne de Louis XIV. L'art, ici, représente exactement l'époque, où la véritable grandeur ne sait pas rester dans les sages limites de la nature. Le dôme des Invalides, avec ses fioritures architecturales, c'est le grand roi coiffé d'une perruque énorme et portant des plumes à son chapeau.

L'intérieur du dôme est plein de magnificence: là se voit le tombeau si célèbre de Turenne, exécuté sur les dessins de Ch. Lebrun. Les peintures des coupoles du sanctuaire, des pendatifs, sont dues à Souvenet, aux frères Boullogne, à Lafosse, à Coypel. Maintenant, le pavé sous le dôme est occupé par le tombeau de Napoléon. Ce monument, exécuté par M. Visconti, a gardé quelque chose de la sécheresse qui a distingué les œuvres du premier empire. Il se compose d'un vestibule et d'une crypte. On y descend par un escalier en marbre ; au bas de l'escalier, on rencontre une porte en bronze. On lit sur l'imposte ces paroles tirées du testament de l'Empereur :

« Je désire que mes cendres reposent sur les bords de la Seine, au milieu de ce peuple français que j'ai tant aimé. »

La crypte forme, à 6 mètres au-dessous du sol, un cercle de 11 mètres de rayon. Une partie est à ciel ouvert sous le dôme : c'est là qu'est le tombeau ; le reste forme une galerie couverte soutenue par des pilastres ; elle est ornée de bas-reliefs d'après les dessins de Simart. Douze figures colossales sont adossées à cette galerie regardant le sarcophage : c'est l'œuvre dernière de Pradier.

Le sarcophage est d'un beau granit rouge qu'on a fait venir de Finlande. En face de la porte d'entrée, on voit dans un caveau, éclairé par une lampe, l'épée que Napoléon portait à Austerlitz, les décorations de l'Empereur, la couronne d'or donnée par la ville de Cherbourg, et soixante drapeaux enlevés aux ennemis.

On s'est demandé bien des fois, si le tombeau de Napoléon était bien placé sous le dôme des Invalides ; on a même prêté à l'Empereur actuel le projet de se faire pour lui et pour la dynastie napoléonienne un caveau sépulcral à Saint-Denis. On ne peut nier que le sépulcre actuel, malgré la richesse qu'on y a déployée, ne soit pas en harmonie avec le monument ; et l'on se demande où les princes du second empire auront leur sépulture : si elle sera sous le même dôme, si elle sera à Saint-Denis. C'est une question qui ne sera peut-être pas tranchée de quelques années encore.

Je n'ai pas manqué, comme le vulgaire, d'aller visiter les immenses dortoirs de l'hôtel des Invalides, les plans en relief des principales places fortes de France qui se voient dans les combles de l'édifice, même les deux énormes marmites qui contiennent jusqu'à six cents kilogrammes de viande. J'avoue toutefois que j'ai vu avec plus de plaisir les beaux canons en bronze alignés sur le terre-plein, parmi lesquels on remarque les couleuvrines sculptées prises à Alger.

Si l'œuvre de Louis XIV commande le respect pour la pensée qui l'a inspirée, les idées économiques de notre époque condamnent les accumulations d'hommes ainsi entassés dans leur vieillesse, loin des leurs et de ce foyer de la famille auquel le cœur tient tant, même après de longues campagnes. Les sommes énormes dépensées par l'hôtel des Invalides feraient des pensions honorables de retraite qui, mangées dans les familles des invalides militaires, y apporteraient du bien-être et vaudraient à ces hommes le bonheur de mourir près de leur berceau.

Non loin de l'hôtel des Invalides, s'élève une construction qui n'est pas sans intérêt : c'est l'Ecole militaire. Elle a, comme l'hôtel des Invalides, l'avantage de se développer à l'extrémité d'une immense esplanade. Louis XV fonda cette école en 1751 « pour y éle-

ver, selon les termes de l'ordonnance, cinq cents gen-
tilshommes dans toutes les sciences nécessaires et con-
venables à un officier. » L'édifice fut construit sur les
dessins de Gabriel. Avant la révolution de 1789, on
voyait dans la cour d'honneur une statue de Louis XV,
par Lemoine. On sent, à la richesse de cette architecture, le siècle d'abaissement moral où il fut élevé. On
est bien loin des splendeurs du siècle de Louis XIV.

Sans quitter la rive gauche, je m'arrête au Palais-
Bourbon qui me rappellera d'intéressants souvenirs.
Ce palais a deux façades : l'une sur le quai, en face du
pont de la Concorde, l'autre sur la place du Palais-
Bourbon. Le côté de la place est plus ancien et il présente un bel aspect. Il fut construit en 1622 par la duchesse de Bourbon. Le prince de Condé le fit agrandir
et l'habita. Les constructions ne furent terminées qu'en
1789. On peut le regarder comme la dernière habita-
tion princière élevée dans Paris sous l'ancienne royauté.

Devenu propriété nationale en 1790, il fut affecté
plus tard aux séances du conseil des Cinq cents.

Napoléon voulut y loger le Corps législatif. Ce fut lui
qui fit élever par Poyet, de 1804 à 1807, le péristyle à
l'antique qui subsiste encore. Chaudet avait sculpté
dans le fronton, Napoléon remettant aux députations
du Corps législatif les drapeaux d'Austerlitz. Ce péristyle, vu de la place de la Concorde, produit dans le
lointain un assez bon effet. Mais il a le défaut capital

de n'être qu'un immense placage adossé au palais du xviiie siècle. Rien ne déconcerte le visiteur comme de voir, en se tournant sur le côté du monument, que cette façade ne se lie à rien. Ce péristyle est donc une des erreurs de l'art sous le premier empire. On visait au grandiose, on se contentait de l'apparence.

En 1814, la chambre des députés remplaça le Corps Législatif. On ne manqua pas de mutiler le fronton primitif, et de le remplacer par un fronton provisoire en plâtre, qui représentait la Charte, accompagnée de la France et de la Justice, protégeant les sciences, les lettres, les arts et l'industrie.

On regrette dans l'intérêt de l'art que le vandalisme politique, à chaque changement de forme gouvernementale, ait mutilé les œuvres de la statuaire, élevés sous les régimes précédents. Il s'en est suivi, outre des pertes sérieuses de morceaux dignes d'intérêt, des anomalies assez bizarres et des contre-sens historiques. C'est ainsi que sous la Restauration, l'arc de triomphe du Carrousel, dont les bas-reliefs représentaient les différents épisodes de la campagne de 1805, vit remplacer ces bas-reliefs par d'autres en plâtre, qui rappelaient les événements principaux de la guerre d'Espagne. Sous l'empire, l'écusson à l'aigle impériale s'était substitué sur beaucoup de monuments du xviiie siècle, aux armoiries fleurdelysées.

Les anacronismes ne sont guères plus possibles

maintenant, un écusson, des bas-reliefs sont des signatures historiques. Il ne faut pas léguer à nos successeurs des monuments falsifiés. C'est à partir de 1815, que le palais Bourbon fixa l'attention du monde civilisé, par les débats politiques qui eurent lieu à la chambre des représentants. La tribune française, durant l'espace de trente-six ans, renouvela les gloires de la tribune antique. Encore aujourd'hui, le souvenir du palais Bourbon rappelle le nom des hommes illustres de tous les partis, qui se distinguèrent par leur éloquence : les Foy, les Benjamin Constant, les Martignac, les Guizot, les Thiers, les Berryer, les Lamartine. L'on ne passe pas sans quelque émotion devant le péristyle qui n'est plus qu'un hors d'œuvre d'architecture.

Ce fut dans la cour du palais que l'on fit construire en 1848, l'immense salle où se tinrent les séances de l'assemblée constituante et de l'assemblée législative, et qui fut démolie en décembre 1851. Le fronton actuel de la grande façade représente *la loi protégeant l'innocence et la vertu* ; à droite et à gauche du portique se dressent deux statues colossales : *Minerve et la Force*. Sur la place du palais Bourbon, on a érigé une statue à *la Loi*. On voit que l'art en est encore aux allégories, direction fatale, d'où l'on sortira un jour quand on aura de véritables statues à élever à des législateurs, à des hommes sages, à des hommes forts.

Je me suis étendu outre mesure sur nos beaux palais, objet si légitime de la curiosité d'un visiteur, parce qu'ils résument avec le plus de grandeur, l'art français dans toutes ses manifestations.

Il est temps que j'aborde d'autres objets de mes études. Je vais parcourir les musées.

CHAPITRE XVI.

Les Musées de Paris.

En y comprenant le musée du Luxembourg, qui contient des chefs-d'œuvre des artistes vivants, l'école des Beaux-Arts, où l'on a réuni les chefs-d'œuvre de la Renaissance, le musée d'Artillerie, dont la collection est si précieuse, toutes nos richesses d'art sont renfermées dans le Louvre et dans le musée de Cluny. Il n'y a pas de course plus intéressante de voyage dans le monde de l'idéal et du beau, qui donne plus de jouissances, que de nombreuses visites au musées. Je me suis bien gardé d'imiter le vulgaire inintelligent qui, prenant par une extrémité ces galeries précieuses, les parcourt rapidement, au risque d'être ébloui de toutes ces merveilles, et de n'en rapporter que des impressions générales et les souvenirs les plus confus. Je me suis imposé la douce tâche de les suivre, salle par salle, muni à la fois et du livret qu'on achète partout, et d'un calepin où je recueille mes observations, sur les chefs-d'œuvre qui me frappent le plus.

Le musée de peinture tient le premier rang parmi nos richesses d'art. L'histoire de sa formation mérite d'être connue. Sous l'ancienne monarchie, il n'y avait pas à Paris de musée de peinture. François Ier a eu la gloire de s'occuper, le premier parmi nos souverains, de se former un cabinet d'antiquités. Il avait attiré de grands artistes à la cour, Léonard de Vinci, Andrea del Sarto, Benvenuto Cellini, le Primatice, Il Rosso, etc. Il avait obtenu quelques-uns des chefs-d'œuvre de Raphaël et du Titien. De plus, il avait envoyé en Italie des agents, entr'autres le Primatice, qui lui rapportèrent des tableaux, des statues, des bronzes de médailles, des ciselures, et lui permirent de former ainsi une collection choisie des œuvres de l'art antique et de la renaissance. Le cabinet du roi était à Fontainebleau; par conséquent complétement dérobé aux regards du public et aux études. Les rois ses successeurs, au milieu des troubles politiques de leurs règnes, ne songèrent point à accroître cette collection. Il n'y avait pas deux cents tableaux dans toutes les résidences royales à l'avénement de Louis XIV. Mazarin voulut se faire un cabinet à lui-même. Il l'eut bientôt formé et principalement des dépouilles de celui de Charles Ier, roi d'Angleterre, vendu aux enchères publiques par ordre du parlement. A la mort de Mazarin, Louis XIV fit acheter tous les objets d'art laissés par le ministre; et, avec l'aide de Lebrun, il en accrut immensément le nombre, faisant des emprunts successifs à tous les pays et à toutes les écoles. Le roi fut si enchanté de la richesse de cette collection, qu'au lieu de songer à en former un musée public, comme les *Uffizi* de Florence, il donna ordre que tableaux, statues, bronzes, bijoux, fussent transportés à Versailles, pour orner ses appartements.

Au temps de Louis XVI, tout était dans le même état, que sous le règne du grand roi.

Ce fut la Convention qui, par un décret du 27 avril 1793, ordonna la formation d'un *muséum français*.

On transporta dès lors au Louvre tous les objets d'art qui garnissaient les palais royaux.

L'empire accrut considérablement le musée du Louvre. Les commissaires de Napoléon parcoururent l'Italie, l'Espagne, l'Allemagne et la Flandre, recueillant partout les chefs-d'œuvre des grands maîtres en peinture et en statuaire ; la collection, qui prit alors le nom de *Musée Napoléon*, était incontestablement la plus riche du monde. Mais à la chute de l'empire, les alliés revendiquèrent ces trophées de nos victoires. On eut beau représenter que les traités attribuaient nominativement ces objets d'art à la France, Louis XVIII lui-même eût beau protester contre cet enlèvement ; et M. Denon, le conservateur du Musée en fermer les portes ; aidés de leurs soldats, les commissaires de la sainte alliance eurent bientôt dépouillé ce magnifique

musée. Aujourd'hui lorsque nous visitons les musées de
Naples et de Florence, de Rome, de Venise, on nous
dit avec orgueil : ce tableau, cette statue avaient été
transportés à Paris sous l'Empire.

Le musée reçut peu d'accroissement depuis 1815, si
l'on excepte une collection de tableaux espagnols, propriété privée de Louis Philippe et la merveilleuse
Vénus de Milo, le chef-d'œuvre de l'art antique, que
les étrangers doivent légitimement nous envier. Il y
avait même durant cette longue période de paix, une
espèce d'insouciance qui laissait dans la grande galerie
la plupart des tableaux mal éclairés, appendus aux
murailles dans un véritable pêle mêle, n'offrant aux
visiteurs aucune distinction d'école, aucun ordre dans
la chronologie de l'art. A partir de 1848 et dans les
années suivantes, le musée reçut enfin une disposition
raisonnée et bien entendue. On cessa d'y faire les ex-
positions annuelles qui cachaient les tableaux anciens
pendant des mois entiers. On éclaira les galeries d'une
manière plus favorable. Les tableaux furent classés
par ordre méthodique : d'abord par grandes écoles,
ensuite dans chaque école, par ordre, autant que possible, d'ancienneté. Pour imiter le musée de Florence
qui a son salon particulier de chefs-d'œuvre, appelé la
tribune, on réunit dans le salon carré, quelques-unes
des œuvres choisies des plus illustres maitres.

C'est dans cet état que la galerie du Louvre se présente aujourd'hui à l'admiration des visiteurs.

Quand on a admiré aux *Uffizi* de Florence, la riche collection des premiers peintres de l'école italienne, on trouve bien pauvre, à ce point de vue, celle du Louvre. Elle ne possède en œuvres byzantines, qu'une madone, de Cimabuée, qu'un seul tableau, *la Vierge aux anges*, de Giotto, qu'un *saint François*, et du célèbre Fra Angelico, qu'une œuvre importante, *le couronnement de la Vierge*. Mais cette œuvre a une grande valeur; et *la Vierge aux anges* de Cimabuée est une de nos meilleures pages, qui peut la disputer avec ce que le musée de Florence possède de meilleur de ce vieux maître.

Les richesses du musée commencent par Léonard de Vinci dont il possède, comme œuvres remarquables, *une sainte Anne, la Vierge et Jésus*, et le portrait connu sous le nom de *la belle Ferronnière*. Viennent ensuite :

Du Pérugin, l'illustre maître de Raphaël : une belle *Nativité* et des *Madones*.

Du Corrège : le *Mariage de sainte Catherine*. On dispute encore si le tableau du même maître dans les *Hudi* de Naples est l'original ou si c'est celui du Louvre. Le *sommeil d'Antiope*, merveilleuse toile de Raphaël : cinq tableaux parmi lesquels quatre *saintes familles*, les plus remarquables sont *la Vierge au linge, la belle Jardinière* et enfin la grande *sainte famille* du salon carré, qu'on appelle la sainte famille de François Ier;

parce que ce roi l'ayant achetée du duc d'Urbain, avec le *saint Michel terrassant les démons*, la reçut en grande pompe dans son palais de Fontainebleau. Ce tableau de la seconde manière, de Raphaël est un de ses chefs-d'œuvre. Quelque vanté que soit le saint Michel, il présente toujours aux regards une certaine raideur. Il y a toujours contraste entre l'idée d'un ange et celle d'un guerrier en cuirasse, qui combat la lance à la main. Ce sont des sujets où le génie lui-même semble devoir échouer. Qu'on me pardonne ce blasphème sur Raphaël.

Du Titien, le plus fécond des artistes de l'école italienne, le musée possède dix-huit tableaux. Le musée Napoléon eut autrefois sa grande *Assomption de la Vierge* qui est retournée à Venise. Le *Christ au tombeau* est un tableau merveilleux de sentiment et d'expression. Le *Couronnement d'épines* a été peint par le grand artiste à l'âge de soixante-seize ans ; et dans cette belle page, rien n'indique que son talent soit affaibli. Il faut s'arrêter devant un portrait de femme qu'on appelle la maîtresse de Titien, œuvre d'une perfection achevée, qui rappelle le mot de Tintoret, devant un autre tableau de Titien : « cet homme peint avec de la chair broyée. »

Le musée n'a presque rien du Tintoret ; mais il possède de grandes toiles de Paul Véronèse. On peut dire que Paris est plus riche que Venise elle-même en chefs d'œuvre de ce maître vénitien. On a de lui *le repas chez Simon le lépreux*, dont le Sénat de Venise fit présent à Louis XIV, et l'immortelle toile des *noces de Cana* que Napoléon avait apportée à Paris, et que l'on conserva en donnant en échange au gouvernement autrichien, un *repas chez le Pharisien*, de Lebrun. Dans ce tableau le peintre vénitien a peint un festin de son époque avec l'architecture des maisons et les costumes des habitans de Venise, le tout avec concert, pages, chiens et chats. De plus, dans cette vaste composition, les personnages forment une réunion de portraits. On reconnaît parmi les convives des Noces de Cana : François Ier, Charles-Quint, le sultan Soliman, Marie, reine d'Angleterre, le marquis de Pescavie, etc., et, dans le groupe des musiciens, outre son propre portrait, ceux de Benedetto, son frère, de Titien et du Tintoret.

Il est inutile d'insister sur la valeur de cette production, la plus vaste comme toile que jamais peintre ait conçue, et travaillée avec toute la perfection qu'on peut attendre des maîtres de l'art. Il faut passer des heures entières devant cette œuvre merveilleuse pour la magnificence de sa composition et la richesse de son coloris. Je ne dois pas oublier, un tout petit tableau du Titien représentant la *Vierge glorieuse*, c'est un ravissant chef-d'œuvre.

Je voulais ne rappeler ici que les toiles les plus remarquables de chaque école. Je sens que je m'égare et l'on me reprochera de reproduire ici tout mon calepin. Je dois dire cependant que le musée est riche en toiles des Carraches, du Dominiquin, du Guerchin et du Caravage.

L'école espagnole est représentée au Louvre par un chef-d'œuvre de Ribera, l'*Adoration des bergers*, par le *Jésus portant sa croix* du divin Moralès, mais surtout par quelques toiles du grand Murillo qu'on appela le *peintre du ciel*. On admire son *jeune mendiant* qui est le sublime du genre trivial. Mais le tableau qui a le plus de réputation est celui de la *Conception* qui provient du maréchal Soult, et qui a été acquis de ses héritiers pour la somme énorme de 700,000 francs. Il a été copié des milliers de fois, et il n'y a pas de sujet qui ait plus de vogue. Malgré le mérite incontestable de ce tableau, comme peinture, dans ce qu'on a appelé le *genre chaud*, je ne dirai pas moins que la vierge représentée dans les airs portée sur un nuage, que soutiennent des anges, rappelle beaucoup mieux une velleda, une prêtresse inspirée, que la douce mère du Christ telle que l'Évangile et les traditions chrétiennes nous ont appris à la connaître. Une *sainte famille* de Murillo est encore l'un de ses chefs-d'œuvre.

Les écoles Flamandes et Hollandaises, sont aussi noblement représentées au Louvre. Van Dyck y figure par un petit tableau appelé la *Vierge au Donateur*. Van Orby, pour son *mariage de la Vierge*. L'illus

6

tre Rubens y compte quarante et un cadres, vingt et un tableaux allégoriques, connus sous le nom d'*Histoire de Marie de Médicis*, donnent une haute idée du grand peintre. Malheureusement le musée ne possède aucune des grandes toiles de Rubens qui sont à Anvers, à Munich et à Vienne.

En compensation, il est riche en beaux portraits de Van Dyck, un des artistes les plus parfaits en ce genre, et en œuvres précieuses du célèbre Rembrandt. On remarque de lui, outre ses propres portraits, car il avait la manie de se peindre presque tous les ans, deux miniatures à l'huile, dans lesquels il s'élève à sa dernière hauteur, l'une, *les philosophes en méditation* l'autre le *ménage du menuisier*. Philippe de Champaigne, Van der Meulen ont de belles pages. Le musée montre avec orgueil des tableaux admirables de Girard Dow, entre autres son œuvre la plus excellente, qui se nomme la *femme hydropique*, tableau donné au musée par le général Clausel, devenu depuis maréchal de France. Il a aussi quelques Téniers, mais d'un ordre secondaire. Enfin on y trouve quelques œuvres de presque tous les paysagistes de Flandre.

L'école française méritait une étude sérieuse et approfondie. J'ai suivi l'art dans tous ses développements et sa transformation au commencement de ce siècle. Le musée est riche en Nicolas Poussin, en Claude Lorrain, en Eustache Lesueur, en Charles

Lebrun. Ce sont là les grands maîtres. Il n'était pas possible que la France, cette nation si puissante par le génie, restât inférieure aux autres peuples dans l'art sublime de la peinture. Après eux l'art dégénère, Pierre Mignard fait des *Mignardises*, Watteau décline, avec le règne de Louis XIV, et commence la décadence du XVIIIe siècle. Cette décadence marche rapidement avec Vanloo Coypel et Boucher. Greuse indique un retour et laisse des œuvres honorées. Joseph Vernet se distingue par ses marines. Enfin Joseph Vien et Louis David, son élève, accomplissent la rénovation de l'art. David remonte aux études de l'antique et son école rend à l'art français son importance et sa dignité. Nous avons encore à faire pour atteindre les grands maîtres ; mais le mouvement est donné et il est impossible que, dans l'excitation puissante donnée aux arts dans ce siècle de beaux génies, ne se révèlent pas encore pour recommencer de nouvelles gloires.

Je ne quitterai pas le musée de peintures sans applaudir à l'idée ingénieuse qu'on a eue non-seulement d'exposer dans un musée les meilleures gravures, mais encore de livrer au public, aux prix d'un tarif imprimé, des exemplaires de ces gravures offertes à son choix. C'est un bon moyen de populariser les chefs-d'œuvre de peinture et de statuaire, que la gravure à presque tous reproduits.

Le musée de sculpture n'a rien à envier aux autres musées de l'Europe, si ce n'est cette précieuse collection des marbres du Parthénon que lord Elgin a enlevée au célèbre monument de l'acropole d'Athènes.

J'ose espérer qu'un jour l'Europe intelligente se cotisera pour relever, par une restauration habile, le monument chef-d'œuvre, le monument type de l'art, et que l'Angleterre rendra au Parthénon les précieux débris qu'elle conserve au *British Muséum.*

C'est au musée de sculpture qu'il faut se transporter pour étudier l'art depuis ses premières manifestations jusqu'à ce jour. La statuaire n'a pas été classée par son ordre chronologique comme on l'a fait de la peinture. Il n'est pas possible de la suivre dans son développement. Je voudrais que l'on songeât un jour à cet ordre précieux qui n'est autre chose que l'histoire elle-même, appliquée aux œuvres de l'esprit humain comme nous l'appliquons aux évènements.

Voyons donc uniquement les chefs-d'œuvre dans le pêle-mêle où ils se présentent devant nous.

Le morceau le plus précieux, sans contredit, que possède le Louvre, est la *Vénus de Milo,* découverte dans ce siècle et qu'on a eu le bon goût d'exposer au musée, sans lui faire subir aucune restauration. On s'accorde à lui attribuer l'origine la plus illustre. On ne craint pas de supposer qu'elle soit sortie des mains de Phidias. Et certainement elle appartient à l'époque où l'art antique était à son apogée.

Quand on compare cette statue à la Vénus de Médicis qu'on admire à Florence, la statue de Milo accuse une incontestable supériorité. Si l'on se transporte par la pensée devant la statue de Florence, celle-ci paraît trop vantée et l'on est fier pour la France, que son musée possède l'œuvre la plus parfaite de la statuaire grecque sans en excepter le célèbre Appollon du Belvédère, qui lui-même aussi a été trop vanté.

Après la Vénus de Milo, il faut étudier la Diane chasseresse, rare morceau qui n'est pas trop admiré, et l'une des œuvres les mieux senties de l'art grec. On place en troisième ligne le *gladiateur*, qui est plutôt un athlète des jeux olympiques.

Ces trois statues sont placées aujourd'hui dans l'estime de tous, en première ligne parmi les antiques les plus remarquables du musée.

Viennent ensuite des œuvres qui ne manquent pas de valeur. La *Vénus d'Arles* est intéressante au point de vue de l'histoire de l'art. Elle appartient à l'école des romains gaulois et fait honneur à cette école. Elle pèche peut-être par une légère exagération de la force et le modèle manque un peu de finesse ; mais c'est encore une œuvre capitale. Le *Marsyas*, la *Polymnie*, une *Melpomène* colossale, des *Faunes*, des *Apollons*, des *Muses*, méritent d'être remarqués. Les bustes des empereurs retracent des figures dont l'histoire nous a donné les caractères. Il est important de les étudier. On doit supposer que ces têtes ont une exacte ressem-. blance.

Des sculptures antiques, on arrive naturellement à celles des écoles modernes. Je nommerai seulement les plus célèbres. Michel Ange, Benvenuto Cellini, Jean de Boulogne, Jean Goujon, Jean Cousin, Germain Pilon et le plus célèbre des statuaires de l'Ecole française, Pierre Puget. Viennent ensuite les Cosyevox, les Coustou, puis enfin des artistes plus modernes, dont le plus renommé est le célèbre Canova.

Des œuvres gracieuses de Canova, je vais faire un bond à travers les siècles et me transporter dans les salles des musées égyptien, assyrien et hébraïque, j'aurais dû, je le comprends, commencer par là mes études sur l'art. L'étude de ces monuments est d'un grand intérêt : elle se lie intimement à l'histoire de ces peuples chez lesquels s'est développée la première civilisation et où l'on doit par conséquent chercher le berceau des arts. Je m'arrête d'abord au musée égyptien.

Depuis la découverte de l'écriture hiéroglyphique par Champollion, perfectionnée depuis la mort si regrettable de cet illustre savant, les précieux débris de l'art égyptien avec leurs nombreux hiéroglyphes, ne sont plus muets pour nous. Une précieuse classifica-

tion nous permet de suivre à travers les siècles, le
mouvement de l'art au sein d'un peuple où tout semble
avoir été immobile. Ces monuments se rapportent à
quatre époques historiques. La plus ancienne est appelée du style archaïque, qui s'étend jusqu'à la douzième dynastie des rois égyptiens (environ 2,400 ans
avant Jésus-Christ.) La sculpture est purement hiératique ou sacrée. On comprend combien doivent être
rares et précieux des monuments d'une telle antiquité.
La seconde époque s'étend jusqu'à l'invasion des Pasteurs ou Arabes Kouschytes (vers l'an 2,200 avant Jésus-Christ), c'est un moment où l'art gagne en délicatesse, où les proportions sont mieux observées, où
l'exécution a plus de fini. La troisième époque date
de l'expulsion des Pasteurs. C'est un temps de renaissance. L'art revient au style hiératique pour les formes, mais il conserve et accroît même la perfection du
travail qui caractérise la seconde époque. Enfin la
quatrième époque commence au règne d'Adrien, où les
sculpteurs romains firent de l'art égyptien, par une
de ces modes singulières, comme nous reproduisons
aujourd'hui des monuments gothiques en plein XIX⁺ siècle. Je visitai avec un soin tout spécial les nombreux
objets apportés récemment d'Egypte, par M. Mariette
et trouvés par lui dans ses fouilles du célèbre *Serapium*
ou temple de Sérapis.

La statue du bœuf Apis, admirablement conservée

avec ses taches noires tracées sur la pierre par une
peinture, est un des objets les plus curieux que renferme cette belle collection. Il y a là des lions sculptés,
qui accusent une statuaire très-avancée. M. Mariette
continue ses fouilles précieuses.

Une salle toute entière renferme dans ses vitrines
les objets les plus délicats de l'art égyptien. Là nous
apparaît toute cette antique civilisation. Il y a à passer de longues heures dans l'examen détaillé de tout
ce qui rappelle des mœurs religieuses et civiles, si
distinctes de nos mœurs modernes.

Le musée assyrien m'a inspiré plus d'étonnement
encore que celui de l'Egypte. Là se voient ces mons-
trueux chéroubs ou bœufs ailés dont nous trouvons
la description dans la Bible. Ils servaient de décoration à l'entrée des portiques. D'immenses bas-reliefs
avec leurs inscriptions cunéiformes nous ont révélé
tout un art oriental distinct de l'art égyptien, dont
nous ne pouvions pas même pressentir les formes.

Le musée de Ninive est complété par le musée hébraïque dû à une expédition intéressante de M. de
Saulcy dans la Palestine. On y voit un sarcophage tiré
du tombeau des rois à Jérusalem : les sculptures végé-
tales qui le décorent sont fort curieuses ; c'est le premier monument hébraïque qu'un musée d'Europe ait
possédé.

Après les salles immenses du Louvre, où la statuaire,

la peinture étalent leurs merveilles, j'ai à visiter le musée de Cluny, où l'on a rassemblé les productions d'art du moyen-âge et de la renaissance. Il a été ouvert au public en 1844. L'édifice lui-même est un joli spécimen de l'architecture de l'art gothique dans sa dernière période. Sa décoration est fort élégante quoiqu'elle n'ait pas la finesse de beaucoup d'autres œuvres, que le moyen-âge nous a léguées. Mais Paris est trop pauvre en monuments de ce genre.

On avait trop négligé autrefois l'étude du moyen-âge. Le dédain qu'on avait jeté depuis la renaissance sur son architecture, sa statuaire, sa peinture, sa ciselure, a provoqué à notre époque une réaction légitime, mais qui, comme toutes les réactions, n'a pas gardé de limites et en est venue à une admiration exclusive, déversant à son tour le dédain sur les chefs-d'œuvres antiques qu'elle déclare bien inférieurs en mérite aux œuvres du moyen-âge. Aux yeux des hommes passionnés du moyen-âge, la Vénus de Milo elle-même ne lutterait pas en beauté avec quelques-unes des statues de Notre-Dame de Chartres. Tout en rendant justice au moyen-âge, j'ai voulu éviter cette erreur fatale, qui serait le principe d'une nouvelle barbarie. Quel malheur pour la génération nouvelle, que l'idéal dans les arts se renfermât uniquement dans les œuvres d'une époque spéciale qui eut une grande vigueur de conception, qui produisit avec une âpre persévérance, et travailla cha

que chose avec une patience extrême, mais qui tomba
dans l'enflure, dans le petit, dans le maniéré.

Le musée de Cluny offre de nombreux objets d'é-
tude sur lesquels on peut se faire à soi-même ses principes d'esthétique. Il est vivement à regretter que le
musée ne soit pas rangé sévèrement par ordre chronologique, les études seraient beaucoup plus faciles et
infiniment plus profitables.

La peinture du moyen-âge se localise spécialement
dans les vitraux peints , les émaux, et quelques petits
tableaux sur bois. Il viendra un temps où le musée du
Louvre devra compléter sa série chronologique et commencer sa collection par ces essais précieux de l'art
depuis le xiiie et le xive siècle.

L'orfévrerie du moyen-âge est surtout remarquable.
Armes, croix, crosses, custodes émaillées, bijoux, tout
cela étale son luxe archéologique au musée de Cluny.
Les beaux meubles sur lesquels les sculpteurs épuisaient leur patience, se montrent là avec leur dentelle
et leurs fines ciselures.

J'ai réservé une visite au musée de Cluny pour étudier le palais des Thermes, contigu à ce musée. Des
travaux récents viennent de déblayer les précieux restes de cet édifice. Il mérite toute l'attention du voya-
geur curieux. On conjecture que ce palais fut l'œuvre
de Constance Chlore qui séjourna dans les Gaules de
292 à 306. Il est positif que Julien y résida plusieurs

années avec sa femme Hélène, qu'il faillit y être as-
phyxié par des charbons ardents qu'on avait placés un
jour d'hiver dans sa chambre, pour en dessécher les
murailles, et qu'en 360, il y fut proclamé Auguste par
ses soldats. Les rois Francs habitèrent le vieux palais
romain jusqu'au commencement de la troisième race.
Clotilde y vit couler le sang de ses petits-fils et Ba-
thilde, connue sous le nom de *sainte Bandoni*, y éleva
Clotaire III. C'était encore un édifice important sous
Philippe-Auguste, qui en fit don en 1180 à Henri, son
chambellan. Un abbé de Cluny, Pierre de Cha-
lus, en fit l'acquisition en 1340 au nom de sa
communauté. La seule partie de ce palais qui ait
été conservée, est celle qui servait aux bains; de là
le nom de palais des Thermes. Il reste de ces Thermes
une salle réellement magnifique, toute dégradée qu'elle
soit par le temps et privée de ces peintures murales,
que nous voyons à Pompéï décorer les habitations romaines. Elle a vingt mètres de long sur onze mètres
cinquante centimètres de large. Sa hauteur est de dix-
huit mètres. Sa voûte, fort curieuse, est partie à
arête, partie en berceau. La retombée de ces voûtes
est soutenue par huit consoles en encorbellement sculptées en forme de proues de navire. On peut conjec-
turer que la ville de Paris a reçu un navire dans son
écusson, en souvenir de ces consoles antiques qui rappelaient elles-mêmes les *nautes*, marchands qui fai-

saient le commerce de la Seine, et qui étaient déjà puissants sous Tibère. Deux autres salles de moindre importance joignaient la grande salle du côté du Midi. L'une d'elles subsiste encore. Au Nord, on trouve la piscine, de forme quadrilatère, de dix mètres sur cinq. Les eaux qui servaient à ces bains venaient d'une localité antique indiquée sous le nom de *Rungis*, distant de Paris de trois lieues, un aqueduc, dont on voit encore les restes à Arcueil, faisait traverser à ces eaux la vallée de la Bièvre.

Ce ne fut qu'en 1831 que la ville de Paris acheta les ruines des Thermes, oubliées pendant tant de siècles. Dès 1818, le duc d'Angoulême avait conçu le plan d'y réunir un musée gallo-romain.

On a réuni dans cette salle les objets d'art de l'époque gallo-romaine, qui ont pu être retirés des fouilles de l'antique Lutèce. Le plus précieux est un monument votif avec inscriptions indiquant que » sous Tibère, César Auguste, les nautes parisiens ont publiquement élevé ce monument à Jupiter très-bon et très-grand. »

Le musée d'artillerie est un complément nécessaire de celui de Cluny et n'offre pas moins d'intérêt. Voici quelle fut l'origine de ce musée. Lors de la prise de la Bastille, on trouva dans cette forteresse une grande quantité d'armes de toute espèce, dont quelques-unes étaient fort anciennes. On les réunit en 1794 aux ar-

mes les plus précieuses des anciens arsenaux de pre-
vince, notamment celui de Sedan. La collection fut
considérablement augmentée pendant les guerres de
l'empire. Et depuis l'on ne cesse de réunir tout ce qui
tient à cette importante spécialité de l'art. Il occupe
l'ancien couvent des Jacobins ou Dominicains, attenant
à l'église de Saint-Thomas-d'Aquin.

Au musée d'artillerie, je dois joindre le palais des
Beaux-Arts, qui n'est lui-même qu'une nouvelle forme
de musée. Il occupe l'ancien couvent des Petits-Au-
gustins, que M. Lenoir avait converti sous la révolution en *Musée des monuments français*. Sous la Restauration, la plupart des chefs-d'œuvre que contenaient
les galeries de ce musée, furent rendus aux églises
dont ils étaient du reste les dépouilles.

On va admirer au palais des Beaux-Arts d'importants débris de sculpture qui en font l'ornement, le
portail d'Anet, chef-d'œuvre de Jean Goujon et de
Philibert Delorme, l'arc de Gaillon, mélange de l'art
gothique et de l'art de la renaissance. Il ne faut pas
oublier dans la nef de l'ancienne église des Augustins,
une copie du *Jugement dernier* de Michel-Ange, par
Sigalon.

Je compléterai mes études sur l'art par un coup
d'œil sur les édifices d'un ordre inférieur, tels que la
Bourse, les Halles nouvelles, les gares.

Il ne faut pas oublier que notre époque est entrée

dans une phase, où.les intérêts matériels reçoivent un grand développement. De là l'origine d'un art nouveau qu'on pourrait appeler l'art utilitaire. Celui-ci n'a pas pour but le beau, mais plutôt l'indispensable, le nécessaire. Néanmoins, tel est le besoin de poésie de l'homme, que tout en supputant les frais des travaux purement utiles, le génie industriel se trouve entraîné à faire une part quelconque à l'art. De là, les édifices consacrés aux intérêts commerciaux et industriels.

La Bourse occupe parmi eux le premier rang. C'est un monument véritable et un monument de style grec. Il faut le dire, il serait même irréprochable, au point de vue de l'art, s'il n'était pas élevé dans des conditions diamétralement.contraires à son programme naturel. Une Bourse, au lieu d'une colonnade extérieure où le froid, le vent, la pluie règnent pendant huit mois de l'année, semble exiger logiquement une immense galerie intérieure_abritée, qui rappelât les belles galeries des villas romaines ou des temples antiques : qu'on élevât au centre le temple du dieu Plutus, qu'une vaste salle fut disposée pour les opérations de la Bourse, ce serait évidemment le complément de l'édifice. Rien de tout cela à Paris. Il faut lire sur la frise du monument, la légende qui en indique la destination, pour se dire : voilà une Bourse.

Il n'en est pas de même des Halles centrales. Elles viennent d'être reconstruites sur un plan et avec une exécution réellement monumentale. Elles sont un type de cet art que j'ai appelé utilitaire, et je ne doute pas qu'après quelques siècles elles ne soient admirées comme un curieux monument de notre art.

Les gares sont aussi de vastes monuments. Quelques-unes méritent d'être visitées. Comme les halles, leur mérite tient à la sobriété, unie aux vastes développements.

J'ai négligé les arcs-de-triomphe et les fontaines qui décorent Paris. Quelques-unes des fontaines de Paris sont des monuments classiques. Telles sont celle de Jean Goujon, au milieu de l'ancien marché des Innocents, celle de Jacques Desbrosses, dans le jardin du Luxembourg.

La fontaine des Innocents, levée sur le plan de Pierre Lescot et ornée de sculptures de Jean Goujon, a été malheureusement défigurée. Elle n'avait primitivement que trois côtés. Un ingénieur mal avisé, proposa en 1788, d'en faire un monument colossal. On lui donna quatre faces sculptées. On l'éleva démesurément sur trois gradins. Il fallut ajouter aux sculptures. Ce qu'on doit le plus admirer dans cette fontaine, ce sont les naïades sculptées en très-bas-relief entre les pilastres qui décorent le monument. Inutile de dire que les naïades nouvelles n'ont pas l'exécution élégante et naïve de l'artiste éminent du xvie siècle. On restaure en ce moment cette belle fontaine : lui rendra-t-on sa modeste simplicité?

La fontaine de Jacques Desbrosses, dans le jardin du Luxembourg, est remarquable par la richesse et l'ampleur de sa décoration. On l'a quelquefois attribuée à Rubens.

Nous avons des arcs-de-triomphe qui sont toujours visités avec intérêt. Ceux de Louis XIV ont remplacé les vieilles portes de Saint-Denis et de Saint-Martin. Ils ont un noble caractère et sont réellement une œuvre précieuse de ce siècle, qui comprenait les grandes choses. L'arc-de-triomphe du Carrousel a le défaut d'être une copie trop servile.

L'immense arc-de-triomphe de l'Etoile, chanté par une merveilleuse poésie comme le monument grandiose de la gloire française, n'est pas digne de tant d'éloges. Admirablement placé sur une hauteur d'où il domine tout Paris, il s'élève comme une lourde masse qui rapetisse jusqu'à la longue avenue des Champs-Elysées. Lorsqu'on le considère du pied de l'obélisque, l'on ne tarde pas à s'apercevoir qu'il y a quelque chose qui choque dans la perspective. C'est le monument dont les proportions sont exagérées et que l'œil exercé aux délicatesses de l'art, voudrait voir se plier plus naturellement aux exigences de la loi implacable de l'harmonie.

Cet arc-de-triomphe ne devait pas être construit en

petits matériaux. Les romains n'avaient jamais commis cette maladresse dans les monuments de ce genre. C'est réellement de l'ignorance en architecture. Rien ne peut remplacer aux regards l'effet d'un monument dont les larges blocs s'élèvent avec majesté et semblent, seuls et sans sculpture, porter en eux un élément de grandeur. L'art égyptien, l'art assyrien, l'art hébraïque, l'art grec, n'ont jamais manqué à cette règle du beau.

Enfin, un défaut capital de l'arc-de-triomphe de l'Etoile, c'est l'immensité de son entablement qui écrase sa frise. Là les personnages sont trop petits et trop entassés.

J'ai le droit de conclure à la médiocrité du monument comme disposition architecturale. Il n'en est pas de même au point de vue de la statuaire : il y a là de magnifiques pages qui resteront et dont le temps ne fera que consacrer la valeur. Parmi les trophées, on remarque celui du Nord du côté des Champs-Elysées qui a pour sujet le *Départ de 1792*. C'est l'œuvre de M. Rude. On le regarde légitimement avec le fronton du Panthéon, comme la page la plus monumentale de la sculpture contemporaine. C'est une œuvre de premier ordre, où éclatent avec éloquence l'enthousiasme guerrier et l'amour ardent de la patrie : la pierre parle ; es personnages semblent marcher.

Ajoutons que ce monument terminé à peine depuis

quelques années, vient d'être gratté il y a peu de mois. On a demandé avec raison à Paris quel est le mauvais génie qui a mis dans son esthétique barbare de blanchir périodiquement nos monuments et nos statues. Il serait à désirer que le vandalisme prit fin, si nous ne voulons pas que les étrangers admirateurs empressés des œuvres de l'art français, ne nous accusent trop hautement de marcher à la décadence.

CHAPITRE XVII.

Le jardin des plantes de Paris.

Après cette excursion dans nos riches musées, je me sens entraîné à visiter le Jardin des Plantes. Je serai là dans un monde nouveau ; les œuvres de l'art ont eu mon admiration ; je vais songer aux études de l'homme sur la nature.

La fondation du Jardin des Plantes remonte à Louis XIII. En 1626, a la sollicitation d'Herouard, son premier médecin, et de Guy la Brosse, son médecin ordinaire, il autorisa l'acquisition d'un terrain de vingt-quatre arpents, et conféra au premier médecin du roi et à ses successeurs, la surintendance du jardin, avec le droit de choisir un intendant qui y résiderait et en aurait la direction. Mais ce ne fut qu'en 1635, qu'un édit fixa l'organisation de l'enseignement et les ressources affectées aux dépenses. La Brosse fut nommé intendant. Il dressa un parterre, où il plaça toutes les plantes qu'il put se procurer, et dont la plupart lui furent données par Jean Robin, arboriste du roi : le jardin dont la Brosse avait lui-même donné le plan fut ouvert au public en 1650. On écrivit sur la porte principale : *Jardin royal des herbes médicinales.* Le nombre des plantes qui en 1636, n'était que de dix-huit cents, ne tarda pas à s'accroître; et Guy la Brosse, dans son catalogue, en porta le chiffre à deux mille trois cent soixante.

La prospérité du jardin des plantes, ne fit que s'accroître sous l'intendance de Fagon, premier médecin du roi, qui eut la direction du jardin en 1693. Fagon entreprit à ses frais des recherches dans les différentes provinces, dota le jardin d'un grand nombre de plantes et, pendant plusieurs années, remplit avec une grande supériorité les chaires de botanique et de chimie. Fagon fit construire les premières serres chaudes et le premier amphitéâtre pouvant contenir six cents auditeurs. Tournefort, Antoine de Jussieu professent la botanique. Vaillant est chargé de la direction des cultures. Tournefort fait son voyage dans le levant et en rapporte un grand nombre de plantes. Vaillant, chargé de suppléer Antoine de Jussieu, démontre pour la première fois en 1716, l'existence de deux sexes dans les plantes, et le phénomène de la fécondation, faits importants dans la science, qu'on avait à peine entrevues jusque là, et qu'on avait toujours contestés.

Buffon arrive au Jardin des Plantes en 1733 et il lui donne une étendue considérable. Tout est agrandi et renouvelé, des terrains nouveaux sont achetés, les allées se plantent. On dresse le plan du jardin, tel à peu près qu'il est à cette heure. D'importantes collections d'anatomie, de minéralogie sont réunies. La chaire d'anatomie, est illustrée par Winslow, Ferrein, Antoine Petit, Vicq d'Azir et Portat. Les trois Jussieu, Antoine Bernard et Laurent occupent avec éclat la chaire de botanique. Fourcroy dans la chimie vulgarise la nomenclature française et propage les découvertes des Lavoisier, des Guiton de Morveau, des Cavendish, et expose avec éclat les théories naissantes de la chimie moderne. Ce vaste et magnifique enseignement faisait l'admiration de l'Europe.

Le décret de la Convention du 10 juin 1793, fixa une organisation nouvelle du Jardin des Plantes, sous le nom plus scientifique de *Muséum d'histoire naturelle*, qu'il a gardé jusqu'à ce jour. Douze chaires furent instituées pour les divisions suivantes : minéralogie, chimie générale, arts chimiques, botanique dans le muséum, botanique dans la campagne, culture, anatomie humaine, anatomie des animaux, géologie, iconographie naturelle et zoologie qui eut deux chaires. C'est de cette époque que date la grande extension du muséum. Les ménageries royales de Versailles et du Raincy, furent transportées au Jardin des Plantes. Bientôt une troisième chaire de géologie et Lacépède en fut le titulaire. De nombreux voyages, d'importantes acquisitions enrichirent le muséum sous le consulat et sous l'empire. En 1805 le célèbre Humboldt, enlevé cette année même à la science, apporte, des régions tropicales, un herbier comprenant quatre mille cinq cents espèces, dont plus de trois mille étaient inconnues jusqu'alors. Dans la même année la ménagerie est augmentée ; Cuvier achève ses travaux sur les fossiles, travaux qui ouvrent une vie nouvelle à la science et créent en quelque sorte la géologie. Les plus illustres professeurs ; Lacépède, Geoffroy Saint Hilaire, Sauvarck, des Fontaines, Laurent de Jussieu, Portat, Cuvier, brillent dans leur enseignemen t. Lorsque en 1815, nos musées furent l'objet des spoliations, celui du Jardin des Plantes fut respecté. Sous la Restauration, de nouveaux voyages furent entrepris, et le muséum reçut les produits des deux Amériques et des Indes orientales. Les parcs de la ménagerie sont étendus. En 1830, deux millions sont votés pour la construction de nouvelles galeries de minéralogie, de géologie et de botanique. Depuis cette époque, de nouvelles chaires sont créés pour la physiologie comparée, la physique appliquée, l'entomologie appliquée, à l'agriculture et l'amtropologie. On crée encore une quatrième chaire de zoologie, et une seconde chaire de chimie.

On comprend que la France se voit mise de la sorte à la tête des nations savantes de l'Europe, dans les branches naturelles. Elle a tout fait pour s'assurer cette gloire, et maintenant, les professeurs les plus habiles continuent les leçons des plus grands maîtres, et ne cessent de faire progresser la science.

Je n'ai pas pour pensée de décrire ici le muséum. Il faudrait un volume entier, consacré à ce magnifique établissement ; et si ma passion pour les sciences naturelles m'y entraînait, les bornes que je me suis imposées dans cette simple étude, ne me le permettraient pas.

Pourtant quel charme, pour le curieux, que ce voyage aux extrémités du monde, sans quitter les rives de la Seine ! Depuis les fossiles anté-diluviens, jusqu'aux petites plantes qui tapissent les roches des hautes montagnes, et que le botaniste hardi va cueillir aux pieds des glaciers ; depuis les énormes quadrupèdes jusqu'aux dangereux reptiles, la science lui présente la nature sous ces trois règnes : ou vivante sous son regard, ou conservée par des procédés habiles et et toujours décrite, expliquée, montrée à nu, dans ses merveilleuses et incroyables manifestations.

Pour éprouver les joies pures que cette étude procure à l'homme, il n'est pas besoin heureusement, d'avoir de la science, la curiosité naturelle donnée à l'homme lui suffit ; et devient, pour son intelligence, la source des jouissances les plus vives. Quelles douces heures n'ai-je pas passées dans ces vastes serres, palais vitrés des végétaux du monde tropical ; où, grâce à une douce température, ces plantes, si originales, peuvent bra-

ver la rigueur de notre climat! C'est encore une
surprise délicieuse, que de voir les êtres vivants les
plus singuliers par leur forme, réunis dans un étroit
espace et se montrer à vous, humbles prisonniers,
comme si vous alliez les saisir pour les connaître, dans
leurs forêts et leurs repaires inaccessibles.

Les immenses galeries de zoologie et d'anatomie
comparée, vous présentent ensuite cette nature que vous
avez admirée vivante, et vous la font connaître par la
dissection, jusque dans les secrets de son organisation la plus intime, depuis la baleine énorme, jusqu'au
fœtus qui n'est pas venu encore à la lumière.

Les galeries de géologie vous font pénétrer jusque
dans les entrailles de la terre. La collection géologique
du muséum est une des plus intéressantes et des plus
complètes que l'on connaisse. Vous suivez avec un
charme indicible les diverses formations de la croûte so-
lidifiée du globe, depuis les époques primitives, où nul
être vivant n'a pu habiter cette planète désolée, jusqu'au temps où elle se peupla de végétaux et d'êtres
animés, dont l'homme occupe la dernière et la plus
haute série. On éprouve une espèce de terreur devant
ces races primitives, monstrueuses ; dont les débris,
réunis par le génie de Cuvier, reconstruisent des êtres
dont les simillaires ne se trouvent plus sur le globe
habité.

Si j'ai admiré le Paris peuplé des chefs-d'œuvre de

l'art, j'ai le courage de le dire, j'ai mieux aimé le
Paris qui s'est placé à la tête du mouvement scientifique
moderne, et qui m'offre, par ses cours nombreux, ses
riches collections, les moyens d'étendre mes connaissances. C'est là réellement exercer la royauté sur les
autres capitales du monde civilisé. Nulle autre ville ne
lui dispute cette gloire.

Je m'arrache avec peine au riche muséum du Jardin
des Plantes. Je comprends qu'il fasse le charme autant
des hommes du peuple que des hommes de la science ;
qu'on s'y rende comme au plus amusant des spectacles ;
qu'on en parle, qu'on se passionne pour ces collections,
où le génie humain a commandé à la nature même, et
la domine dans la vie et dans la mort.

7

CHAPITRE XVIII.

Les bibliothèques et les archives de Paris.

Les livres et les documents historiques, sont le grand patrimoine que lègue chaque génération à la génération qui la supplante. Quand on réfléchit aux pertes irréparables que l'homme a faites des livres précieux de l'antiquité, dont il ne nous reste souvent ou que le nom seul, ou que des citations ; on comprend de quelle importance il est dans une époque civilisée, de veiller avec un soin extrême à la conservation des livres et des manuscrits de toute sorte.

Il n'y a pas de ville au monde qui soit riche en imprimés et en manuscrits autant que Paris. Six grandes bibliothèques publiques, sept autres bibliothèques où l'on est reçu avec une autorisation, les bibliothèques réservées des écoles, les bibliothèques non publiques des ministères et des différents corps de l'Etat, où sont entassés des documents si précieux pour l'histoire, tout cela renferme des trésors d'un prix inestimable.

Maintenant, au rebours de toutes les autres richesses qu'on étale avec complaisance dans les musées, les livres portent encore le cachet fatal du fruit défendu. Non-seulement vous n'avez pas de moyen de connaître dans la bibliothèque des manuscrits, et au dépôt des archives, les documents qui peuvent convenir à un travail que vous voulez entreprendre, mais encore si vous avez besoin de recourir à quelque livre imprimé qui n'ait pas la chance d'être catalogué, vous n'aurez pas le livre qui dort paisiblement sur les étagères. Jusqu'à cette heure, tout a été organisé pour que les livres rares, curieux, intéressants, contenant des documents inédits, ne puissent pas être atteints par le public. Vous suivez d'un regard affamé ces précieuses collections manuscrites, où dorment tant de richesses inexplorées, et mises là sous la garde de vigilants argus, il vous est dit : tu n'y toucheras pas.

Ce que j'écris ici, semble une exagération grossière. Cependant rien de plus réel. — Que demandez-vous ? est la question qui vous est adressée quand vous pénétrez dans le sanctuaire. Il faudrait répondre : Je demande votre catalogue ; un catalogue complet, détaillé par ordre de matières, par nom d'auteurs. Il vous est répondu : — Nous n'avons pas de tels catalogues et nous ne montrons pas nos catalogues manuscrits. Il vous faut alors recourir à quelques catalogues imprimés, sur certaines matières spéciales, et rarement arriverez-vous à arracher quelques volumes entassés dans le gouffre des grandes bibliothèques.

La raison de cela, fort peu connue du public, est très-simple. C'est que les conservateurs sont des savants plutôt que des bibliophiles ; que ces savants travaillent et écrivent, qu'ils ont besoin pour cela de se ménager pour eux-mêmes les sources précieuses, comme matériaux de leurs livres. Le jour où les bibliophiles seuls qui aiment les livres, pour les connaître, les classer, les cataloguer, les exposer, seront conservateurs et employés des bibliothèques, le jour de la réparation aura sonné et l'on trouvera un livre rare, un manuscrit précieux, un document aux archives avec la même facilité que dans un musée, le catalogue à la main, on arrive à un ivoire précieux, à un émail, à une miniature.

On fait espérer en ce moment une réforme salutaire, une commission est instituée pour que l'œuvre d'un catalogue universel de la bibliothèque impériale marche enfin avec moins de lenteur. Puissent ces espérances ne pas être encore trompées.

Les bibliothèques en général ne sont qu'un grand entassement de livres. Comme elles appartiennent toutes à l'état ou aux communes, il faudrait, à l'aide d'échanges intelligents, compléter ces collections ; mieux encore il faudrait former des bibliothèques spéciales, où toutes les autres collections enverraient les exemplaires quelles possèdent. Par ce moyen, à l'aide de catalogues raisonnés et faits avec soin, on aurait instantanément la connaissance de tout ce qui a été écrit sur une matière donnée.

Ces remarques s'appliquent surtout à la bibliothèque impériale, la plus nombreuse, la plus importante et la plus mal cataloguée de toutes.

L'édifice vient de subir du côté de la rue Vivienne, de belles réparations, qui vont se suivre sur la rue Neuve des Petits-Champs et sur la rue Richelieu. Il faut espérer que les améliorations dans l'organisation intérieure, suivront ces améliorations matérielles.

La bibliothèque impériale se partage en plusieurs départements : les imprimés, les manuscrits, les médailles et antiques, les estampes, les cartes et plans. Ces cinq divisions sont complètement séparées, on ne passe pas commodément de l'une à l'autre. L'homme de travail, dont les heures si précieuses, ne peut pas se transporter de la salle des manuscrits où il travaille, à la salle des imprimés, où il va faire, dans un livre, une recherche de quelques instants. Ce sont donc cinq bibliothèques réellement distinctes, quoique dans le même local. On connaît très-peu les richesses de la bibliothèque des imprimés, et encore moins celles de la bibliothèque des manuscrits, les livres comme les manuscrits provenant des collections acquises depuis Louis XIV, sont restés sous cette forme bizarre, qui réunit dans une même série d'ouvrages, des matériaux souvent disparates. C'est ainsi que vous avez le fonds de Saint

Germain-des Prés, le fonds de la Sorbonne, le fonds la Vallière, etc. Il faut aller chercher un document dans ces collections, comme on pêche les perles dans l'Océan.

Le département des manuscrits est le plus précieux de tous. Quoique de bons travaux de publication aient été faits dans ces derniers temps, c'est une mine que l'on peut dire encore inexplorée. On le comprendra, lorsqu'on saura que les richesses enfouies dans les monastères, sont arrivées là en grand nombre. Elle ne possède pas moins de quatre-vingt-dix mille manuscrits.

Les trésors de la numismatique ne sont pas moins importants dans le cabinet des médailles. On pense qu'il y a, dans les casiers de la bibliothèque, près de cent cinquante mille médailles, dont un grand nombre sont d'une extrême rareté, quelques-unes même sont uniques.

Outre ces médailles si précieuses aujourd'hui pour les études historiques, le cabinet possède dans ses vitrines, des antiques d'un prix inestimable ; ce sont des figurines, des camées, des sceaux, des ornements de femmes, de guerriers, des vases, etc.

Les départements des estampes et des cartes, ne sont pas moins riches. Là il faut dire qu'il est plus facile d'obtenir les documents que l'on recherche. Il n'y a pas d'encombrement.

La bibliothèque sainte Geneviève, et celle de l'arsenal sont les plus importantes après celle de la rue Ri-

chelieu. La bibliothèque de l'arsenal se trouve placée
dans un local bien éloigné du centre de Paris. Aussi,
malgré ses richesses, est-elle très-peu fréquentée. Il
n'en est pas de même de celle de sainte Geneviève.
Située dans le Paris scolastique, dans le pays latin,
comme on disait autrefois, elle est d'une ressource immense pour les hommes d'étude. Une heureuse innovation lui attire un plus grand nombre de lecteurs.
Depuis quelques années, la bibliothèque a des séances
de nuit qui sont très-fréquentées. Le local a été reconstruit avec élégance et est devenu un monument qui
décore la place assez triste du Panthéon. Il ne faut pas
oublier que la bibliothèque de sainte Geneviève a
quarante mille volumes, qui forment la collection la
plus considérable et la mieux choisie qui existe en fait
de théologie. Les bibliophiles y trouvent également une
admirable collection de livres rares et de manuscrits à
miniatures.

La bibliothèque Mazarine compte environ cent cinquante mille volumes, parmi lesquels quatre mille
manuscrits, provenant, pour la plupart des abbayes et
des couvents. Elle possède, de plus, beaucoup de livres
rares. Dans une de ses salles se trouvent exposés les
reliefs des monuments pélasgiques de la Grèce et de
l'Italie. Ces reliefs exécutés par M. Petit-Radel, au
commencement de ce siècle, présentent un véritable
intérêt et rendent avec une grande exactitude les mu-

railles cyclopéennes, premiers monuments des peuples pour défendre les villes.

Il est aussi un autre sanctuaire de la science, que Paris renferme, et dont les trésors sont inapréciables, c'est la grande collection des archives. Selon notre manie française, elles ont bien des fois changé de nom. *Archives nationales*, *Archives impériales*, *Archives du royaume*. Ne serait-il pas plus simple de leur donner définitivement le nom d'*Archives de la France*? Les pièces que cette belle collection renferme, embrassent une période de plus de plus de douze siècles. Le plus ancien diplôme est de 625. D'après le dernier recensement, les archives impériales renferment 244,948 cartons, liasses, registres, portefeuilles, volumes, plans et cartes distribués en trois sections : section historique, section administrative, section législative et judiciaire.

Le public est admis à travailler aux archives ; mais les recherches sont difficiles, parce que l'on manque de catalogues détaillés. C'est encore là du fruit défendu.

Je sais, par expérience, qu'il y a là des recherches historiques inappréciables. Et je dois dire qu'à défaut de bons catalogues, on rencontre dans tous les employés des archives, l'empressement le plus délicat à aider les écrivains dans leurs recherches.

Je dois indiquer aussi une autre source bien précieuse de documents et qui est bien connue, ce sont les archives de la préfecture de police ; malheureusement elles ne sont pas ouvertes au public et il est assez difficile d'obtenir d'y faire des recherches. L'histoire du drame terrible de la révolution est écrite là, pour ainsi dire, en lettres de sang. On y voit tout taché de sang et de vin, le registre des condamnations à mort des victimes de 1793.

CHAPiTRE XIX.

Le Paris intime.

Jusqu'à cette heure j'ai étudié dans son enveloppe le Paris extérieur, la grande ruche humaine qui se dit la tête du monde civilisé. Il m'a été impossible de ne pas être frappé de cet ensemble de grandes choses entassées, depuis trois siècles, dans la cité merveilleuse. Les plus grandes époques, les plus grands hommes ont laissé là, partout des traces ineffaçables de leur génie et de leur puissance. Mais ces hommes ne sont plus. Et quoique leurs idées, leurs mœurs, leur civilisation aient marqué d'une forte empreinte leurs œuvres extérieures, nous ne les retrouvons plus que dans leur souvenir, et cette froide poussière que les révolutions même n'eut pas toujours respectées. J'avais donc à connaître le Paris moderne, le Paris humain dans sa vie présente de civilisation, depuis l'existence privée et intime jusqu'à la vie publique et officielle. La matière était pour moi pleine d'intérêt. J'ai fait cette étude longuement, patiemment, avec une impartialité sévère. Je n'ai dû être ni un flatteur banal des hommes, ni un censeur systématique.

J'ai dû commencer par la vie intérieure, celle des relations qui n'ont pour but ni les intérêts, ni les affaires. J'ai voulu connaître ce que j'appelle le Paris intime.

Mélange de races si distinctes, celle qui habite Paris et en forme le monde aux divers degrés de l'échelle sociale, se distingue par un caractère bien tranché, celui de la bienveillance. Il suit de là que les relations de la vie intime à Paris, sont délicieuses. De plus, comme Paris est le point où convergent toutes les idées, où se pressent toutes les opinions, l'homme de Paris a une grande tolérance pour les idées et les opinions qui ne sont pas les siennes ; et les idées qui se sont constamment adoucies au contact de celles des autres, sont presque toujours modérées.

Je n'ai pas pu m'expliquer autrement cette grâce, cet abandon des relations dans la société parisienne. Comme vous êtes chez le peuple le plus poli de la terre, cette politesse même engendre des actes de bienveillance perpétuelle et la disposition de l'âme à se rendre agréable à tous, exerce sur les procédés comme sur le langage, la plus heureuse influence.

Je n'oserai pas dire que les relations sociales amènent le cœur à des liens de forte amitié. Je ne le crois pas. Ces sympathies énergiques, qui donnent tant de charme à la vie, rares hélas ! partout, ne doivent pas naître d'un commerce de relations où le cœur doit dépenser beaucoup de la bienveillance universelle qui fait l'homme bien élevé. Mais à défaut des grandes amitiés, naissent des amitiés, que j'appellerai secondaires, qui font que les hommes se rencontrent avec plaisir dans le même monde, qu'ils se rendent de mutuels services. Rien de plus ordinaire que d'entendre dire : c'est mon ami. — Je vous présente mon ami. — Je l'ai vu chez notre ami.

Paris est la ville des recommandations, tout s'y fait par recommandations, il faudrait peut-être même dire : rien ne s'y fait sans recommandations. Or dans le monde parisien, on use fréquemment de ses amis pour ces importants services qui se font par recommandation. Cette disposition est devenue tellement générale que souvent il vous est adressé cette parole : *Par qui êtes-vous recommandé?* Le parisien se prête à rendre ces services avec beaucoup de grâce et de bonhommie, il n'exige pas de vous de reconnaissance. Il lui semble qu'il a remplacé dans la ville reine les praticiens de l'antique Rome, qui étendaient leur protection sur de nombreux clients, et disposaient, par leur influence, des charges et des emplois publics.

Heureux donc celui, qui, au lieu de l'existence vulgaire de la province, loin de ces luttes, de ces animosités souvent acharnées, peut se donner l'existence parisienne! Quelle urbanité dans les manières, quelle

gracieuse simplicité dans les usages! Point de prétention dans le langage ; nulle curiosité indiscrète sur les
secrets de votre existence ; on vous a accepté avec
bienveillance, on vous reçoit toujours avec une affabi-
lité aussi constante. Vous venez voir fréquemment vos
amis ; ils vous en savent gré. Vos travaux rendent vos
visites plus rares, vous avez votre excuse. Vous faites
une longue absence, quand vous rentrez à Paris, l'ac-
cueil que vous recevez est aussi empressé que si vous
l'aviez quitté à peine depuis quelques mois.

La seule exigence du monde parisien est une tenue
convenable. Si vous êtes vêtu conformément à l'usage,
du moment que vous avez touché le vestibule de la
maison, vous êtes là, parmi d'autres hommes, avec
toute votre valeur personnelle. Nul ne s'informe si un
bel équipage vous attend dans la rue, si vous avez un
somptueux hôtel, si vous menez une existence brillante, vos manières, votre langage, votre distinction
réelle, forment le seul appoint que vous apportez à ce
commerce délicat. Mais aussi vous ne valez que par
votre distinction. De quelque ordre qu'elle soit, sur
quelque matière que vous ayez exercé votre talent,
du moment que vous êtes un homme distingué,
votre place est toute marquée. A Paris, la distinction,
le talent, sont une royauté que tous saluent et que nul
ne jalouse, parce que tous, distingués eux-mêmes,
s'attendent à un pareil hommage.

Voilà le Paris intime ; nulle part la calomnie et la médisance, ces malheureux péchés habituels de la province ne sont aussi rares que dans le monde parisien. Non pas qu'au milieu de sa bonhomie, il n'ait sa dose de malice, mais il la conserve pour l'objet perpétuel de ses conversations et de sa curiosité. Il n'est malin qu'en politique. La nouvelle du jour est fréquemment une invention malicieuse. — On dit ceci, on dit cela. Le parisien est badaud, c'est-à-dire crédule. On lui glisse le *canard* avec une incroyable facilité ; celui du jour a le privilége d'être cru comme article de foi. Le parisien oublie que celui de la veille n'avait pas de vraisemblance. Il n'est pas guéri pour cela, et il ira le répétant avec une bonne foi enfantine.

Rien donc de curieux comme la chronique du jour du monde parisien. Vous êtes là chez les modernes Athéniens et comme sur l'agora d'Athènes, on se demande à toute heure ; qu'y a-t-il de nouveau ?

Mais là un événement quel qu'il soit, n'a le privilége d'être nouveau que quelques heures. Qu'un archevêque tombe sous le poignard d'un assassin, Paris entier va s'en émouvoir. Quelques jours après, si vous parliez de cette vieille histoire, le parisien semblerait sortir d'un rêve et vous demanderait : qu'était-ce que M. Sibour ?

CHAPITRE XX.

Le Paris des salons.

C'est dans les salons que s'exerce plus fortement la singulière habitude des parisiens d'être tout entier à ce qu'on appelle l'actualité. Le fait du jour, les événements pressentis, les anecdotes racontées, occupent seuls les esprits et semblent les passionner. On ne sait pas trop, si cette passion est réelle et si elle n'a pas quelque chose d'un peu factice, mais le monde des salons traite les on dit du jour avec un tel sérieux, qu'il n'est pas permis de croire que tout ce monde, assurément raisonnable, s'amuse à jouer une éternelle comédie.

Les salons de Paris varient d'aspect selon les opinions qui y dominent. Et l'opinion qui doit toujours y dominer, est celle de la maîtresse de la maison. Il y a dans l'esprit de l'homme une puissance d'attraction qui réunit les éléments ayant entre eux de l'affinité. La femme exerce plus facilement que l'homme, cette attraction. De là, son habileté à former ce qu'on appelle un salon. C'est un rendez-vous d'hommes intelligents, qui, après avoir échangé quelques paroles de profonde déférence pour la souveraine du lieu, se réunissent par groupes et conversent sur toutes sortes de matières selon que l'association naturelle des idées, la préoccupation des affaires politiques, les souvenirs des travaux et des études du jour, les publications qui ont paru, les articles des journaux qui ont fait sensation, ont plus ou moins excité les esprits.

Ce n'est plus ici, on le comprend, la vie intime, malgré des causeries souvent fort intéressantes, ce qu'on recherche le plus dans les salons, ce sont les célébrités. Elles s'y montrent d'ordinaire avec une grande modestie. Le talent a toujours son cachet de simplicité noble, et ceux qui visent à briller dans les salons, ne sont pas les esprits les plus élevés ni les plus profonds génies. Pour beaucoup d'hommes, les salons sont une distraction agréable, un délassement d'esprit après des travaux sérieux, pour d'autres, c'est un moyen de faire de ces relations, qui aident si puissamment la renommée; surtout dans le monde littéraire, pour d'autres, c'est une étude du cœur humain, la connaissance de son époque. Malgré la banalité apparente du langage, il n'y a pas d'homme qui ne se trahisse, et la réserve même, imposée par les convenances, n'empêche pas que les natures d'élite, surtout celles qui sont spontanées et ardentes, ne se manifestent avec une piquante originalité. On comprend le charme de ces études, et Paris est la ville du monde où elles peuvent se faire le plus en grand, et sur les hommes les plus remarquables.

CHAPITRE XXI.

Le Paris officiel.

Voici les hommes se montrant à nous sous un autre aspect : C'est le monde officiel. Son cachet spécial à Paris, son caractère saisissable au premier abord, c'est l'acceptation de l'ordre actuel, du régime qui gouverne avec cette apparence de dévoûment convaincu d'après laquelle on pourrait croire aux sympathies politiques les plus ardentes. Il serait très-facile de s'y tromper. Tout cela, cependant n'est que la comédie politique. Jamais siècle ne l'a mieux jouée que le nôtre ; mais aussi jamais siècle n'a si souvent changé de décoration sur son théâtre gouvernemental.

Tout cela se fait à Paris avec une bonhomie admirable et un sang-froid qui vous confond, lorsque votre pensée vous porte a quelques années en arrière, et vous rappelle que le même rôle, se jouait sous d'autres règnes éphémères, le même langage de dévoûment se dépensait pour eux avec l'apparence d'une imperturbable bonne foi. Le monde parle une langue de convention fort amusante. On dirait qu'il réalise le mot de

Talleyrand, que la parole a été donnée à l'homme pour déguiser sa pensée. Hâtons-nous de dire cependant que dans nos mœurs modernes, personne n'est dupe dans cette comédie. On pense de part et d'autre que ces choses-là n'engagent à rien; et tel fin adulateur pour la demi-heure de représentation, redevient chez lui un bon-homme remplissant les devoirs de la vie civile. Mais alors la toile est tombée. Que voulez-vous? Il faut faire son chemin.

CHAPITRE XXII.

Le Paris diplomatique et étranger.

A côté du Paris officiel, il faut placer naturellement le Paris diplomatique et étranger. Beaucoup de visiteurs dans la grande ville se doutent peu qu'il y a un Paris anglais, un Paris russe, etc. Cela se nomme des colonies. On est campé en France, on y forme un petit état. Bien mieux, on se groupe dans les mêmes quartiers. La rue de Rivoli, les Champs-Elysées, le faubourg Saint-Honoré, le faubourg du Roule, sont le domaine particulier de la colonie anglaise et de la colonie russe. Il y a là un monde fort élégant, fort distingué et fort aimable. Les anglais sympathisent moins avec nous ; mais les russes sont de véritables français par la langue, qu'ils parlent aussi bien que nous, par le caractère enjoué et sympathique, par l'amour des lettres et des arts.

L'étranger à Paris a pour pensée de jouer un rôle et de se grandir par l'éclat et par la dépense. Il faut en excepter ces familles distinguées et modestes qu'un climat plus doux, l'amour des voyages, le besoin de

donner aux enfants l'éducation la plus soignée, amènent chez nous.

C'est une des gloires de Paris d'attirer ainsi l'élite
de la société des autres nations. Dans ce commerce de
peuple à peuple, les préjugés qui séparent les races.
les civilisations, tombent bientôt, où s'effacent peu à
peu. La suprématie intellectuelle de la France est con-
sacrée par cet hommage permanent du monde entier,
qui la reconnaît ainsi comme la nation chargée par là
Providence de faire rayonner au loin la civilisation eu-
ropéenne.

Qui peut douter à l'heure présente que l'œuvre si
importante de l'émancipation des serfs, dans ce vaste
empire de la Russie, ne soit le résultat de cette action
lente mais irrésistible que nous avons exercée sur le
Nord de l'Europe par nos relations avec les russes, par
leur séjour prolongé en France, par notre littérature,
qu'ils ont le bon goût d'aimer comme si elle était leur
littérature nationale ?

Quand les Turcs et les autres Orientaux sont venus
à Paris, qu'ils ont vu notre supériorité intellectuelle,
nos arts, notre puissance militaire et navale, nos chemins de fer, l'activité d'une grande nation, ils se sont
retirés avec tristesse : ils avaient vu leurs maîtres.

CHAPITRE XXIII.

Le Paris aristocratique.

Si par l'aristocratie on entend la noblesse française, il faut dire que depuis plusieurs années elle a à peu près déserté Paris et qu'elle n'y fait que de courtes apparitions. L'époque de l'année où les grands hôtels du faubourg Saint-Germain se garnissent ne commence guère que vers la mi-janvier, et il est rare que vers la fin d'avril la noble colonie ne soit partie pour les châteaux de la province.

La mode exerce sur ce point sa tyrannie comme sur tout le reste de la vie extérieure des français. Il est devenu de bon ton de passer le moins de temps que possible chaque hiver à Paris. Il est aussi de bon ton d'y faire des dépenses immenses. Le luxe a fait de tels progrès, les grandes réunions, tels que dîners, bals, soirées, sont si coûteuses, qu'il est facile de comprendre que les plus grandes fortunes seules puissent y tenir, et que les fortunes moyennes s'effraient d'une vie où le capital lui-même irait s'engloutir.

Mais le monde aristocratique aujourd'hui ne se compose pas seulement des familles nobles du faubourg

Saint-Germain. Il s'est formé depuis le premier empire, par les illustrations militaires, par les charges,
par les arts, par l'industrie, par la finance, une seconde aristocratie dont les revenus dépassent considérablement ceux de l'aristocratie nobiliaire. Ce monde
nouveau, dont le blason est de fraîche date, cherche à
éclipser le monde nobiliaire, dont il achète journelle-
ment les terres les plus magnifiques et dont il occupe
les hôtels les plus somptueux. Quoique ce monde s'as-
sujettisse très-docilement à la mode et qu'il s'impose,
dans la belle saison, la villégiature et les voyages, cependant ses intérêts, son besoin d'ostentation et de
dépense le retiennent à Paris une grande partie de
l'année. C'est de ce monde brillant que les équipages
remplissent chaque soir l'avenue des Champs-Elysées
et les allées sinueuses du bois de Boulogne. C'est
lui qui donne les fêtes splendides, où l'éclat des fleurs,
la richesse des parures, les lumières étincelantes, la
musique, les rafraîchissements de toute sorte, dépassent tout ce que l'imagination peut rêver et font presque oublier les fêtes même données par des rois. C'est
lui qui alimente, par les besoins de son luxe, le commerce de Paris : et ne reculant devant aucune dépense, pour tenir ce rang auquel des entreprises hardies, souvent des circonstances heureuses l'ont élevé,
répand dans Paris cette vie active qui occupe dans le
monde entier des millions de bras.

CHAPITRE XXIV.

Le Paris lettré et savant.

A côté de ce monde qui étale son luxe, se trouve à Paris le monde plus modeste de la science et des lettres. Paris est le rendez-vous de tous les hommes qui, dans quelque genre que ce soit, ont cultivé avec passion le champ immense des connaissances humaines. Sous ce point de vue, comme sous tant d'autres, Paris est une ville exceptionnelle. Vous pouvez dire, sans hyperbole, qu'à chaque angle de ses rues vous coudoyez le génie.

Ce n'est pas que Paris enfante tous ces hommes. Ces rudes travailleurs de la pensée ne sont pas nés, pour l'ordinaire, au sein de la ville heureuse. Presque tous sont sortis de l'obscurité de la province. C'est dans le silence des petites cités, dans la vie des champs, dans la contemplation solitaire de la nature, que les hommes ont fait grandir en eux le talent et fécondé leur intelligence. Mais ils ont compris que Paris seul donne la célébrité. Et ils sont là, se frappant le cerveau, et cherchant par des productions nouvelles, à provoquer cette célébrité, à se couronner de cette gloire, but de leurs efforts et de leurs veilles.

Tous ne réussissent pas. Car là aussi il faut les chances, souvent même l'habileté. Et l'on sait que celle-ci n'est pas toujours la compagne même des talents les plus éminents.

Mais tous ont vécu de la vie de l'intelligence. Tous ont formé ce faisceau puissant de l'homme d'élite dont est fière une grande nation. D'ailleurs le savant, l'écrivain, le penseur, n'ont guère les petites préoccupations des succès du moment. Les plus puissants génies sont ceux qui ont le moins attendu de gloire de leurs contemporains. Ils en ont dédaigné les hommages; ils avaient le pressentiment d'une gloire plus précieuse à leurs yeux, celle de la postérité.

CHAPITRE XXV.

Le Paris artistique.

Plus encore que la science et les lettres, l'art a besoin de se manifester dans la grande ville où le goût se développe au sein de l'aisance. L'artiste compte moins sur la postérité ; il crée des œuvres et il les expose. Il n'a pas besoin que le temps vienne péniblement lui assurer une récompense tardive. — Voyez, dit-il, et achetez. Non pas qu'il ne soit sensible à la gloire ; mais il comprend qu'elle doit commencer pour lui par les hommages contemporains en attendant ceux de l'avenir.

L'art est inconnu dans la petite ville de province, laborieuse et économe. Le provincial maladroit s'est suicidé lui-même en laissant se propager l'opinion que Paris est tout, qu'il n'y a de grands artistes qu'à Paris. Il pousse cela si loin qu'il n'ose pas avoir une conviction à lui, sans que Paris, les journaux de Paris lui aient dicté son jugement. Il s'est ainsi condamné à l'impuissance, et en devenant le vassal de l'opinion de Paris ; il a abdiqué son autonomie en toutes choses.

Dès-lors les hommes qui produisent, ceux qui se sentent de l'avenir, ne s'amusent pas à attendre péniblement une petite réputation en province, où le pain du jour leur serait marchandé. Ils vont tenter la fortune sur le grand théâtre, qui leur présente plus de chances de succès.

Quelques hommes de goût, qui habitent la province, ont vainement tenté de réagir contre cette effrayante absorption que fait Paris des talents de toute espèce. Ils ont accusé l'orgueil, l'ambition des artistes ; il fallait accuser l'inintelligence et la mesquine parcimonie des villes de province. Il faudra bien des années, pour que s'arrête cette tendance générale à tout concentrer dans Paris. Depuis les chefs-d'œuvre de la peinture et de la statuaire, jusqu'aux chiffons de la toilette des femmes, tout doit venir de Paris.

La grande ville profite de cet engouement provincial. Elle se garde bien de désabuser l'opinion sur son propre mérite. Elle continue à mettre sa marque sur tout ce qui se produit en France ; elle sait qu'il y a des millions de bonnes gens qui diront : c'est beau ; cela vient de Paris.

Mais cette disposition fatale des esprits a nui immensément à l'art. Il a beaucoup produit ; mais il a mal produit. Il a donné des œuvres superficielles et médiocres à des gens qui trouvaient tout beau, parce cela sortait de Paris. On a ainsi commencé une triste décadence qui certes ne s'arrêtera pas.

Puis la concurrence s'étant faite à Paris, il s'en est suivi que l'art a été mis au rabais. Des artistes dissipateurs ont travaillé au jour le jour ; des artistes dans le besoin ont cédé à vil prix le fruit de longues veilles et la province, qui aime tant à marchander, a voulu, dans l'art comme dans le reste, du meilleur marché ; moyen infaillible de tuer l'art, et de lui préparer un fatal avenir.

CHAPITRE XXVI.

Le Paris industriel et commercial.

Au-dessous de l'aristocratie nobiliaire et de l'aristo-cratie de la finance, au-dessous du monde lettré et savant, au-dessous du monde des arts, s'agite le monde industriel et commercial. Celui-là a pour lui l'avenir. Il grandit outre mesure ; il envahit tout ; il aspire les forces de la nation entière ; il dépeuple de bras les campagnes ; il ne voudrait faire de la France qu'une vaste usine dont Paris serait le comptoir.

Ce mouvement n'est pas parvenu encore à son plus haut point d'accélération. Il faut s'attendre à le voir progresser encore. On comprend qu'avec les méthodes nouvelles, les secours inouis que l'industrie retire des machines récemment inventées, les facilités que donnent les chemins de fer, l'activité industrielle se déve-loppe encore.

Paris est fort intéressant à étudier sur ce point de vue nouveau. Aussi voit-il s'acc... 're rapidement sa fortune. Rien de plus ordinaire aujourd'hui que de voir l'industriel quitter sa boutique du coin de rue et venir s'installer splendidement dans un grand château ou quelque jolie villa, produit rapide d'un commerce qui a duré à peine dix ou douze ans, et qui a commencé souvent avec les premières économies d'une vie de serviteur à gages.

De ce mouvement ascensionnel des classes inférieures, il découle un fait nouveau dans l'état social de la France : il se forme, à l'aide de ce puissant moyen de fortune qu'on appelle l'industrie, une aristocratie nouvelle, qu'on a baptisé trivialement de son vrai nom, l'aristocratie d'argent. Et comme Paris est le pays du monde où l'on fait le plus rapidement fortune, où les moyens même peu honnêtes et flétris par les lois peuvent être employés le plus facilement, sans être dévoilés plus tard et sans faire rejaillir de déshonneur sur ceux qui savent y recourir, il s'en suit que Paris deviendra de plus en plus le laboratoire immense où l'on se précipitera pour élaborer, au plus tôt que possible, cette fortune, seule source aujourd'hui de la considération et du bien-être.

Malheureusement, nous perdons en morale ce que nous gagnons en billets de banque, mais telle est la pente sur laquelle glisse le siècle. L'or est sa divinité ; il faudra de longs efforts pour lui faire répudier son idolâtrie.

CHAPITRE XXVII.

Le Paris artisan.

Au mouvement commercial et industriel se rattache l'existence des masses laborieuses. Celles-ci forment le Paris populeux. Elles occupent des faubourgs entiers, groupées autour de leurs ateliers et des bureaux de leurs patrons.

L'ouvrier de Paris est un type intéressant à étudier. Qu'on le suive dans son travail, dans sa vie intérieure, dans ses plaisirs, dans ses opinions politiques qui ont été un levier si puissant au milieu des dernières révolutions, il vous apparaît comme un des éléments bizarres, de cette civilisation nouvelle dans laquelle s'est jeté le XIXe siècle, après ses longs et paisibles sommeils dans la paix.

Il faudrait un livre entier, pour décrire cette existence agitée, vagabonde, tantôt assurée du bien-être, tantôt dans l'angoisse de l'ouvrier de Paris. Je ne l'aborderai pas ici, parce que ce sujet, quelque curieux qu'il soit, n'entre pas dans le cadre que je m'étais tracé.

J'ai voulu seulement jeter un coup d'œil d'ensemble
sur la ville moderne, en réalité la plus grande, puis-
que dans son sein se trouvent le plus abondamment
les merveilles des arts, et que dans le mouvement de
la société moderne, c'est elle qui réalise les plus grandes choses.

Paris est donc appelé à juste titre la capitale du
monde moderne. On est fier de l'avoir connu, de l'a-
voir aimé, d'y avoir vécu de cette vie de l'intelligence,
qui est la plus noble et la plus pure après celle qui
nous rapproche de Dieu, et nous prépare d'autres destinées au sortir de la patrie terrestre.

TABLE DES MATIÈRES.

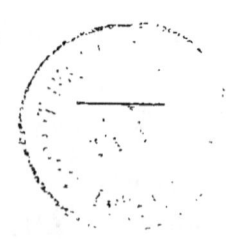

WASSY. — IMPRIMERIE DE MOUGIN-DALLEMAGNE.

NOUVELLE BIBLIOTHÈQUE
DE VOYAGES ET DE ROMANS
A L'USAGE DES FAMILLES.

Chaque volume, broché.. 1 »

percaline anglaise, tranche jaspée........ 1 50

SÉRIE DE VOYAGES

Voyage autour de la mer Morte, par M. DE SAULCY, membre de l'Institut, 2 vol.

Voyage au Grand Désert et au Soudan, par M. le comte D'ESCAYRAC DE LAUTURE, 1 vol.

Voyages dans les solitudes américaines, LE MINNESOTA, par M. l'abbé DOMENECH, 1 vol.

Le saint voyage de Jérusalem (1395), par le baron D'ANGLURE, 1 vol.

Voyage à la presqu'île du Sinaï, par M. LOTTIN DE LAVAL, 1 vol.

Voyage du docteur William Ellies à Madagascar, par M. OCTAVE SACHOT, 1 vol.

L'île de Ceylan et ses curiosités naturelles, par le même auteur, 1 vol.

Voyage en Grèce, par M. CHARLES AUBERIVE, 1 vol.

Voyage d'un curieux dans Paris, par le même auteur, 1 vol.

Voyage au mont Liban, par le même auteur, 1 vol.

Voyage en Australie, par le R. P. SALVADO, bénédictin, évêque de Port-Victoria; traduit de l'italien par CHARLES AUBERIVE.

CORBEIL, typ. et stér. de CRÉTÉ.

www.ingramcontent.com/pod-product-compliance
Lightning Source LLC
Chambersburg PA
CBHW070846030726
47504CB00005B/1232